## COLONEL C. TEYSSIER

# CONTES
## CHOISIS

### EN LANGUE ALBIGEOISE

ÉDITION
DE LA
SOCIÉTÉ DES SCIENCES, ARTS & BELLES-LETTRES DU TARN

LE COLONEL TEYSSIER

COLONEL C. TEYSSIER

# CONTES CHOISIS.

## EN LANGUE ALBIGEOISE

EDITION
de la
SOCIÉTÉ des SCIENCES, ARTS & BELLES-LETTRES du TARN

Il a été tiré de cet ouvrage 300 exemplaires

dont 80 numérotés de 1 à 80.

« *La Société des Sciences, Arts et Belles-Lettres du Tarn,*
« *réunie à l'Hôtel de Ville, le 14 février 1913, adresse à son vé-*
« *néré président, le Colonel Teyssier, ses plus chaleureuses*
« *félicitations pour son élévation à la dignité de Grand-Officier*
« *de la Légion d'honneur.*

« *Heureuse de voir enfin récompensées la belle carrière mili-*
« *taire de son président et par dessus tout son héroïque défense*
« *de Bitche, l'invaincue, la Société renouvelle au Colonel*
« *Teyssier l'expression de sa profonde admiration et de son*
« *inaltérable sympathie.* »

*Procédant ensuite au renouvellement de son bureau et tenant*
*à honneur de conserver à sa tête, celui qui préside ses séances*
*depuis de longues années, l'assemblée lui renouvelle ses pou-*
*voirs par acclamation pour l'année 1913.*

*Et pour s'associer à l'hommage public qui lui sera rendu le*
*23 février, en même temps que pour le remercier de l'attache-*
*ment qu'il n'a cessé de lui témoigner, la Société décide qu'il*
*sera fait une édition spéciale, à tirage limité, des Contes patois*
*publiés par son président dans la Revue du Tarn, de 1903 à*

*1912 et qu'un exemplaire sur papier du Japon, avec reliure de luxe, en sera offert au Colonel Teyssier.*

*Après un échange d'observations entre les divers membres présents, l'assemblée charge son bureau de prendre toutes mesures utiles pour assurer l'exécution de cette décision dans le plus bref délai possible.*

La Société des Sciences, Arts et Belles-Lettres du Tarn a pensé que la seule préface convenable à donner aux *Contes choisis* de son vénéré président, était la délibération qu'on vient de lire.

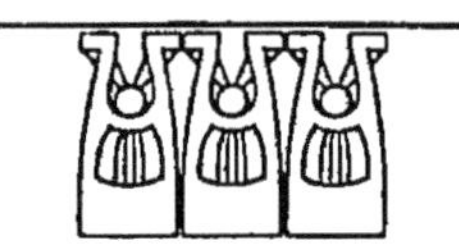

# L'ASINIÈ DE BLAYO

UANT, y a mait d'un siècle, benguèt la grande Reboulutiou, las minos de Cramaous nou dounabou gaire de carbou, a caouso que lous fabres, lous sarraillès e lous pairouliès, souls ou a pu pretch, fasioou usatge de la peiro negro.

Praco, lou councessiounari de las minos, Moussu Solages, abiè fait establi a soun castel une beiriero a bouteillos e a flascouls per utilisa sus plaço, al mens en partido, soun carbou.

D'autro part, la routo, que alaro se disiè cami noou, èro soulo praticablo as carrejes; mès anabo pas pertout. Lous aoutres camis, destreches e pas grabats, èrou tant fangouses l'iber que las rodos s'y emplouncabou juntros as boutous. Penden mait de la mitat de l'annado èro pas poussible de serbi lous fabres de la campagno aoutroment qu'ame ases ou mulos.

Pla abisats, lous Blayols s'èrou alaro meses a pourta lou carbou a las fargos ame d'ases.

Lou mestiè d'asiniè lous empatchabo pas de trabailla liours terros e, a qualques uns, d'ana a las minos : pitchous proufits que dounabou l'aisenço.

A Blayo, lous omes èrou presque toutes grands e bels omes, las fennos poulidos; quant as mainatjès, èrou superbes; aco se besiè pla a Albi, quant, en troupèl, lous Blayols arribabou masquats, lou dimècres de las Cendres, prene part a la carnabalado e nous ajuda a nega dins Tarn ou a brulla lou carnabal de paillo.

Talèou benguts, s'installabou sus la plaço del Bigo, debastabou lous ases, tirabou de dins las barastos lous drolles e las proubisious de bouco, e liours bioulounaires lous fasioou dansa de bourreios e l'aoubergnasso.

Las dansos finidos, se sesioou sus bastes per beoure e espertina. Lous ases trussabou liour saccou de cibado e qualques trosses de pa per dissert.

Lou jabot garnit, e abant de s'en tourna, fasioou en troupo lou tour de bilo ame drolles e ases e accoumpagnabou Carnabal a la ribieiro ou a la janado.

Lous asiniès de Blayo abioou de famillos noumbrousos e d'accordi. Demest elos on besiè de biels grands paires en bouno santat.

Un d'aqueles pairis besiè saouta a soun entour noun souloment sous pitchous fils, mès encaro lous fils de sous pitchous fils, e praco èro pas estat un fegnant, e malgre soun grand age boulìè pas, qui que i diguessou, quitta lou trabal d'asiniè, encaro que en grando aisenço.

L'ase que menabo èro pas joube tapaouc, mès encaro soulide. Asiniè e ase semblabou estat fatches l'un per l'aoutre; atabe s'entendioou pla toutes dous.

Entre sas coursos de toutes lous coustats, lou biel asiniè benìè de tens en tens a Albi ount countabo qualcos praticos fidèlos que lou fasioou parla e lou fasioou beoure un cop.

Coumo tout ço que pourtabo èro de coumando, sa tournado èro prou lèou fatcho; e carbou e bouteillos descargats, i demourabo prou de lese per ana a l'aoubertjo establa l'ase e l'apastura.

A soun tour s'ataoulabo e se fasiè serbi uno ranquillo ount trempa un croustou de pa, countinuabo ame un itchaou per faire descendre la ranquillo, e finaloment lempabo un cartou.

Entre tens countabo sa recetto, mettiè de coustat, e pla sarrat dins un cantou nousat de soun moucadou, lou costi de la mertchandiso bendudo, e fasiè lempa l'argen del proufit dins lou falset de soun gilet per l'aber mait a sa pourtado.

En aquel tens lou bi del pais èro pas car e y en abiè d'un soout, bi que passabo per demoura fort tranquille, mès encaro, ame el, caliè pas passa l'osco, e calque cop lou brabe ome la passabo.

S'en mainabo be quant, tardiè, s'en caliè tourna a Blayo; alaro èro l'ase que menabo l'asiniè que d'uno ma se teniè al bast ou a la barasto, aousen pas mounta sur l'ase de poou de cabussa.

Mait d'un cop lous inseparables abioou manquat de passa la neit entieiro deforo ou risquat de rebourdela pes traberses.

Aco dounabo uno grando enquietudo as seous quant, en missant tens, l'escur arribabo e que l'asiniè pougnabo de tourna.

Coumo preniè lou pus souben de coumandos en cami, sabioou pas jamai per qu'un tournariè e, noumbrouses, anabou l'attendre de toutes lous coustats.

Abioou bel i demanda en gracio de quitta un estat dount abiè pas besoun per bioure, lou testut bouliè pas entendre a rès.

Couci faire? Bendre l'ase? Lou fa tua? Y caliè pas pensa; l'asiniè ne seriè mort!

Un de sous pus joubes pitchous fils, degourdit coumo pas un e fi coumo l'ambre, diguèt as aoutres parens qu'el se cargabo, se lou laissabou faire, de s'arrenga a ço que lou grand paire abandounesso l'ase de boun grat.

Coumo toutes couneissioou lou biais del juinome y counsentiguèrou.

Lou prumiè joun que lou bièl anguèt a la bilo, lou petit fil lou y siguiguèt de lèn, lou besquèt, quant se remesabo a l'aoutbertjo, pla ataoulat; alaro anguèt a l'estable, destaquèt l'ase e, laissen lou cabestre, menèt la bestio aco d'un scou amic que demourabo dins la carrieiro Pairoulieiro, dins un oustal dount lou darré del prumiè estaje dounabo de nibèl sul clastre.

L'ase passen d'aquel coustat dintrèt de plen pè dins uno crambo ame fenestro sus la carrieiro.

Aqui l'ase, pla estacat a la barro de la fenestro, fousquèt abillat ame uno bieillo besto de souldat. Sul cap i mettèrou uno perruquo a cadenetos e un capel a cornos e plumet rouge.

Lou juinome se presentèt a l'autberjo, diguen al pairi :

— Tè! m'oou ditch qu'èros aici; se bos noun tournarem ensemble. M'oou mandat en bilo per faire uno coumissiou qu'abioou doublidat de te douna.

Lou pairi acceptèt soun noubèl coumpagnou de retour, i fasquèt beoure un pitchou cop, e anguèrou a l'estable cerca l'ase per lou basta.

L'ase, bo sabès, y èro pas mait e y troubèrou pas que lou cabestre.

— Jès! aquel bougre d'ase, diguèt lou pairi, s'es poun escapat. Qual sap ount sera anat?

— Pairi, lou cal cerca, belèou sera pas anat pla lèn e calcun l'aoura bist.

Sourtiguèrou, e lou juinome menèt abiloment soun pairi dins la carieiro Pairoulieiro dabant la fenestro ount èro l'ase. Aqueste besquen soun mestre se mettèt a brama de toutes sous palmous.

— Mès, aco 's poun Titou, — aital l'ase s'appelabo. — Couci es mès e que fa aqui?

L'amic que gueitabo dins la carrieiro s'approtchèt e diguèt :
— Cercas aquel ase?

— Oppe.

— Eh be ! s'es engajat, e l'oou mes preste a parti per la guerro que nous fa lou rei de Prusso dintrat en Franço.

— Ei dous de mous pitchous fils, cousis, que se sou engajats, mès a calgut lou counsentoment de liour pairo, e ieou que soui lou mestre de l'ase, que paguèri pla quant lou croumpèri, ei pas dounat lou meou counsentoment.

— Pla poussible. Bostres pitchous fils erou minurs, mès bostre ase es mait que majur, aco se bei pla prou, e coumo siem en tens de libertat, en s'engagen a pas fait que ço que i agradabo.

L'asiniè entendiè pas d'aquelo aoureillo; tustabo tant que poudiè a la porto de l'oustal per se faire durbi e reprene soun ase, mès digus durbissiè pas.

Alaro l'amic i diguèt :

— Besès, moun brabe ome, y a pas res a faire qu'uno petitiou al ministre de la guerro. Lous emplegats del recrutoment sou partits e tournaroou pas que dema mati; perdriès bostre tens a attendre.

Pla marrit, mès sapien pas ount douna del cap, lou pairi, aprep aber lountens attendut, se decidèt a s'en tourna a Blayo ame soun pitchou fil.

L'affa semblabo pla reussit; mès aqui que lou farçur de la bilo, quant destaquèt l'ase per l'ana establa foro l'oustal, la bestio i descapèt e partiguèt 'al galop, pla descargat qu'èro, debès Blayo ount arribèt abant soun mestre, dount lous parens fousquèrou surpreses de lou bese arriba soul, sans arnasès, ço qu'èro pas jamai pus arribat, e crentabou un malhur.

La surpreso del grand paire fousquèt pas mens grando quant, a soun arribado, entendèt soun ase que bramabo.

Soul, lou petit-fil coumprenguèt ço qu'èro arribat e, sans se descouncerta, diguèt :

— Qu'un malhur! Titou que s'èro engajat a desertat e es tournat aici. Lous gendarmos lou cercaroou e lou troubaroou aici. E, belèou, lou fusillaroou per l'exemple, per que se dis que y a forço deserturs; mès nous faroou un proucès-berbal coumo recataires, e sabès que emboiou, dins l'oustal ount un desertur es estat recatat, de garnisaris que manjou e bebou tant que liour plai.e quittou pas la demoro que quant y a pas pus res. Serem pla plantats se mettou lou pairi en prisou per dessus lou mercat.

Grand pairi, y a pas uno minuto a perdre, cal mena aquel poulissoun que bous a pla boulgut quitta, en s'engajen, a la gendarmariè coumo desertur. Besès, èro pus las que bous de trabailla e aimabo mait faire lou fegnan.

Toutes, dins la famillo, grands e pitchous, dounèrou tort a l'ase.

Lou malhurous grand paire counsentiguèt a mena soun ase a la gendarmariè de Carmoous.

Abisat de la questiou per uno persouno que prenguèt l'accourtsi, lou brigadiè reçapièt l'ase e, per counsoula l'asiniè que lou plourabo, diguèt :

— Aquelo bestio es pla intelligento per un ase. Ame l'abançoment que aro y a dins l'armado, seriè pas surpres que un joun l'ase tournesso general.

Lou bièl asiniè tournèt pas bese soun ase que menèrou ame un bendèl sus èls a'n uno fieiro pla lèn e ne fousquèt pla affligeat.

Siaout e mourgue demourèt un tens sans boule res dire a digus. El que lou dimentche, al cabaret de Blayo, serbiciè de gazeto, sabiè pas mait cap de noubèlo a dire e i caliè se countenta d'escouta.

Praco, souegnat coumo un poulet garrèl per toutes lous seous, finiguèt per se counsoula, ame l'ajudi del itchaou, e bieilliguèt tant qu'arribèt protche de sa centièmo annado, quant un joun fousquèt oubligeat de s'alliegea.

L'oli e la mèco manquabou en mèmo tens a la lampo de la bido que s'attudabo.

Un mati, uno de sas pus joubes arrieiros fillos en s'approutchen del leit i demandèt couci anabo; el respoundèt : Prou pla! Ei soumiat que ço que lou brigadiè diguèt de Titou èro arribat e que l'abioou fatch general e que anabo beni. Serei tant hurous de lou bese e de i perdouna la peno que me faguèt en s'engagen.

Aco ditch lou paoure bièl souspirèt, badèt, cluguèt e birèt battos.

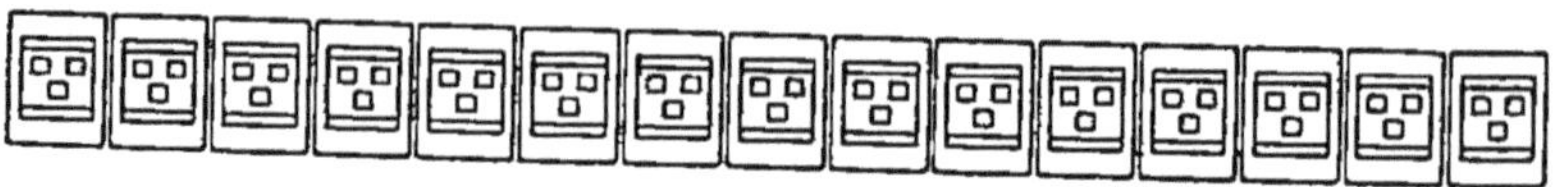

# LA FIEIRO DE SANTO CESEILLO

ToUTES sabès prou que lou bintre-tres de noubembre de cado annado abem, quant ploou pas, uno grosso fieiro que toumbo lou lendouma de la festo de la santo patrouno de nostro cathedralo e del dioucèze.

N'es pas estat toujoun aital, a ço qu'ei entendut dire pels anciens.

Aquelo fieiro se teniè aoutres cops lou joun même de la festo e noun pas lou lendouma; aici ço que la fasquèt cambia de joun e la retarda de binto-quatre ouros.

Aco 's pas arribat de nostre tens, e bous sauriè pas dire quant, mès y a de siècles.

Alaro la bilo èro fort pitchouno e cintado de fortos muraillos ame de tours pla grossos atabe. Las carrieiros èrou pas loungos, mès pla destretchos, e las plaços, de placetos soulomen.

Festo e fieiro attirabou tant de mounde que èro a peno se se poudiè passa al mietch de la poupulaço des merchans e des croumpaires e de las bestios.

Per hasart aquelo annado lou tens èro superbe e la prieisso grando dins Albi. L'escais de santo Ceseillo èro *la plourairo*, coumo la de santo Catharino, sa protche bisino del calandriè, èro lou de la....., un noum trop lèd per l'escrioure, mès que significabo saquela que, en aquelo sasou, lou tens rajabo.

Aqui que dins lou mietch de l'aprep dinado, quant la fieiro

èro dins soun ple, las bestios de toutos las espèços menados eu fieiro s'espaouriguèro sans que digus sapiesso per que e, enjaourados, courreguèrou cap baissat, cabiren las bancos e las taoulos des merchans, escrasen lous mainatges, blassen omes e fennos e tant bourromesclats que quant aquelo poou s'attaisèt, lous mestres troubabou pas mait liour bestial, ni las bestios liours mestres.

Quantos de persounos demourèrou estroupiados? Quantes de chabals, de bioous, de bacos, de moutous e d'habillats de sedos ne crebèrou?

Que de perdios ajèrou lous merchans aprep que tout ço que abioou estallat fousquèt praoutit, bresat, esquioussat ou salit dins aquel trigos espoubentable?

Digus bo sapiet pas dire, mès las perdios fousquèrou de las pus grandos per tout lou mounde ame uno fieiro pla coumençado, mès tant mal finido!

Quant a saber per qu'uno caouso lou bestial s'èro enjaourat, cadun disiè la seou, mès ço que se diguèt lou mait, fousquèt que la santo, fatchado de beire que lou mounde beniè mait per la fieiro que per la sanctificatiou de sa festo, abiè fait lou cop.

Lous cossouls counsultats pensèro que aco poudiè esse bertat e, per countenta la santo e lou pople, remettèrou la fieiro al lendema de la festo e desempiei aital se fa e aital l'ouncle Jean-Peire bos a entendut counta dins soun joubentun.

# L'ABUGLÉ

 ɪɴs lou tens ount y abiè pas de camis bicinals entre-
tenguts, y abiè praco de cantouniès, m'ès n'èrou
plaçats que sus las routos, fort escarces e pas trop
pagats.

Un d'eles, plaçat sus la routo d'Albi a Castros,
protche de Lejos, èro un ancien souldat del prumiè
empiri que, ajent remplaçat, abiè, ame lou pitchou capital tirat
de soun serbici, croumpat, a pourtado de la routo et del loc ount
trabaillabo, uno prou bello terro et y abiè bastit un oustalou des
pus pitchous per el et la fenno que beniè d'espousa.

Aquel couple de brabe mounde èro tout ço qu'on pot trouba
de pus trabaillaire.

Del tens que l'ome rascabo la routo ou refasiè lous balats, la
fenno trabaillabo la terro e, mait que mait, y cultibabo de me-
nuts, qu'anabo bendre ai mercats d'Albi ou de Rieimount.

Liour benguèt pas qu'un drolle, bel efant, que, ço que èro pas
alaro trop coumu, embouièro a l'escolo per i apprene a ligi,
counta e escriouri. Aquel fil tirèt un boun numero al sort, par-
tiguèt pas e, trabailladou coumo paire e maire, se placèt aco
d'un gros pagès per bailet.

Soun mestre l'estimabo fort et uno fillo unico que abiè ne ben-
guèt amourouso.

Lous parents de la fillo, encaro que ritches, besquen couci lou juinome èro balent, counsentiguèrou al mariatge que fousquèt urous de toutos manieiros.

Lou cantouniè abiè pas pouscut douna de berquieiro al seou fil, mès al mens i èro pas a cargo en res e de tens en tens mettiè qualques escuts de coustat.

Malhurousoment lou paoure ome benguèt abugle paouc a paouc e oubligeat de quitta lou serbici de la routo.

La fenno i mouriguèt d'un caout e fretch pres en anguen al mercat bendre ioous, poulaillo e leguns.

Lou fil e la famillo de sa fenno toumbèrou toutes d'accordi per prene lou paoure abugle ame eles.

Que faire de l'oustalou e de la bouno terro? Bo bendèrou prou abantajousoment e pla pus car que nou s'èro croumpat.

Alaro lou paire diguèt al fil e a la noro :

— Ei pas souloment aro lou pretch de moun benot; ei encaro un bricou d'argent que lou noutari, moussu Bounofè, m'abiè plaçat e que l'emprountaire bol randre; tout aquel argent, lou cal pas laissa mousi sans proufit, e ieou ne boudriè croumpa qualquos terros que bous aoutres trabaillariès e que pagarioou ma despenso; mès boudriè pla, se aco se poudiè, que ço que acquisitariem fousquesso protche de bostre be. Cercas douncos se poudès trouba uno bouno ouccasiou.

La proupousitiou, coumo pla pensas, fousquèt acceptado e lou fil cerquèt e troubèt, pas trop prep, mès pas trop lèn tant paouc, un tenent de terros que èrou a bendre e ne fasquèt part a soun paire.

— Ba pla, diguèt aqueste. Praco boli pas croumpa sans besè, e me faras lou plasè d'attala e de y me mena.

— Mès, paire, doublidas que siès abugle. Que boulès y bese?

— Daisso me faire e meno y me.

Lou fil, sans ajusta un mot, e tout en riguen, attalèt e menèt lou paire sus las terros en questiou.

— Desattèlo, fillou, e ame lou courdèl que t'ci fait prenc e lou piquet, estaco la bestio en un endretch des camps ount posque mangea quicon.

— Ah! paire, ei courregut pertout e en loc ei pas bist un endretch ount lou chabal posque trouba res a mettre joust 's caissals; i a loungtens que se iès pas fait de trabal e pertout soun pas que faillieiro, gadaoussos e ginestes; mès la terro es pla grando e desfritchado fariè uno bourietto.

— Escouto e crei me, diguèt lou paire :

> Ount poussou ginestes,
> Dejoust sou de testes.
> Ount la failleiro ben,
> Recoltos pas souben.

Ei prou bist, birem brido, tournem a l'oustal e attendem uno aoutro ouccasiou. Bal mait terros pitchounos bounos que grandos maissantos.

S'attendèt prou loungtens, mès praco uno aoutro ouccasiou se presentèt. Aqueste. cop, la countenenço èro pas grando, mès s'agissiè de terros que passabou per bounos e que encaro se troubabou pus abantageousoment plaçados pus prèp del bè des parents de la noro.

Coumo l'aoutre cop, lou paire y se faguèt carreja, faguèt desattela et delarga lou chabal.

Lou fil s'emprieisset de dire a soun paire :

— Es pas pla la peno de desbrida la bestio que, aici, coumo l'aoutre cop i troubara pas rès a soun goust; ei pas bist que d'èousses dins lou trabers e de coujados sus plos e, dins lou founs prou grand, d'ourtits superbes.

— Paure mainatge! escouto ço que disou lous prouberbis que soun pas menturs, t'èn assiguri :

Dais èousses, de las coujados
Las reisses pla derabados
Nou podou faire tort al gro
E laissou la terro negro.
Ount benou pla lous ourtits,
Aprep lous abè sourtits,
Semeno de canabou,
Toun canabal sera bou.

Sans abe bist res, soui sigur que las terros ount siem sou bounos, que i a de founds même pes traberses, que lous èousses benou pas gaire que sus lous remblais e las coujados dins las terros douços.

Douncos, se las counditious de croumpo soun bounos, croumpem, que aici faras blat e cambe e sus traberses planto d'albres a frutcho que pla i bendroou.

E ço ditch se faguèt e se troubèt que l'abugle abiè pla bist.

# LOU PIOCH SAN JORDI

ous debi dire abouei, abant de coumença aqueste counte, que, dins l'ancien tens, èro uno cresenço generalo en un animal fabulous que appelabou lou dragoun.

Lou dragoun, que l'imaginatiou s'èro creat, èro uno inormo bestio ame de cornos al cap, de griffos a las quatre pattos, coumo lous liouns, e la bouco garnido de crocs e de caissals capables de bresa las barros de fer coumo de luquets. Abiè d'alos coumo las ratos-pernados, mès garnidos d'escaillos coumo lou cors que finissiè en coueto de serpen ame un fissou brenous a la cimo.

Cap d'ome semblabo pas capable de i resista, tant pla fousquesso armat; y abiè pas que sant Miquel ou calque aoutre sant guerriè que i pousquesso tene cop.

Se dis que dins nostro countrado, un d'aqueles dragouns y èro bengut e que tuabo e manxabo lous chrestiès grans e pitchous e ne fasiè pas qu'uno boucado.

Que debeni e que faïre?

Lous anciens se reuniguèrou en coussel e decidèrou de s'adressa a sant Jordi dount la balentiso èro counegudo alaro del mounde entiè.

Sant Jordi aousiguèt las preguieiros des bous chrestiès e s'emprieissèt de beni dins lou pays, a chabal e armat d'uno loungo lanço e d'uno grando espaso.

Sapien pas ount èro lou dragoun, mountèt a la cimo dèl pioch que desempiei porto soun noum e lou besquèt a Caoussanèl que gueitabo uno fillo joube e fort bèlo que, noubèlo chrestienno, s'èro retirado dins uno cabano d'ermito dount aousabo pas sourti, besquen lou dragoun preste a la deboura e ount seriè morto lèou de fam s'èro pas delibrado.

L'intrepide cabaliè, sans perdre un moumen, descendèt del pioch al galop de soun chabal, noun mens ardit que soun mestre, et poussèrou dretch al moustre que, surpres de se bese attaquat, el que tout futchissiè, ne badèt d'estounoment.

Sant Jordi i plantèt la lanço dins la gulo e tant la i emplouncèt que i dintrèt touto entieiro jusquos a la cimo del margue.

De doulour, lou dragoun se tourseguèt sans poude escoupi la lanço qu'abiè dins lou col e que l'aoufegabo. En se débatten e en redoulen se troubèt a Cardalou ount lou sant reussiguèt a i planta soun espaso tres ou quatre cops dins lou bentre e a l'acaba.

Toutes lous paysans que, de sus pioches, siguissioou dels èls lou coumbat, cridèrou alleluia!

Per que aquelo carraougniado empestesso pas lou pays, sant Jordi la fasquèt enterra sus la plaço, e, encaro de nostre tens, lous carriès que tirou la peiro d'acaous ne trobou de tens en tens lous osses.

La fillo delibrado miraculousoment countinuèt a bioure santoment dins soun ermitage que, pus tart, fousquèt cambiat en uno pitchouno gleiso dedicado a la Santo Bierxo e que se bei encaro.

Sant Jordi, lou dragoun mort e enterrat, s'en anabo tourna, quant i diguèrou que lou dangè èro pas encaro passat, que abiè be tuat lou draguon, mès que la dragouno e sa pourtado èrou encaro en bido, amagats dins un aoutre endretch sul l'aoutro ribo del Tarn.

Rensegnat, lou sant finiguèt per descurbi lou jas de la dragouno dins lou baloun del Rance al dessus de Belmount debès lou Camarès.

Aqui, lou pays èro rouinat e se y besiè pas uno amo; souls la dragouno e sous pitchous i raougnabou dins un beritable desert.

Lou sant s'en prenguèt d'abord a la dragouno que, coumprenguen lou dangè que courrioou sous nouiriçous, se defendèt pus loungtens e miliou que lou dragoun, tant es bertat que las pus missantos bestios oou l'amour de maire dins lou cor.

Lous dragounels, deja pus grosses que de bioous, assajèrou be de se deffendre, mès l'un aprèp l'aoutre finiguèrou per passa toutes al fial de l'espaso del tarrible cabaliè.

Sa besougno acabado, lou sant s'en tournèt coumo èro bengut sans que digus aje jamai sappiut qu'un cami abiè pres.

Lou sang d'aquel grand mazel s'espandiguet per las terros que lou beguèrou. Encaro, de nostre tens, quand la plejo labo lou pays, lou Rance ben de coulour del sang e ne ba tinta Tarn.

# LOU RITOU DE MAGRIN

 ᴇɴs passat, y abiè a Magrin un ritou, lou miliou ome del pays, magre coumo un rat de gleio, que bibiè pla paouroment des rebenguts de sa pitchouno paroquio. Pourtabo uno soutano petassado, un capèl roussit et, lou pus soubent, caoussat d'esclops en plaço de souliès. Abiè las mas traoucados e sabié pas se garda res, tant èro grando sa caritat.

La Marioun que lou cousinabo èro souben en peno de lou faire manja, e elo meme èro pas gaire pus grasso que soun mestre.

Aprep uno passado que toutes dous abioou mait que junat, la brabo sirbento decidèt lou ritou a i laissa calques soouses sus las messos que disiè, e qu'elo mettriè dins uno dinieirolo per s'en serbi al besoun.

Arribat lou tens del mazèl, la Marioun embreniquèt la dinieirolo e, dabant soun mestre, countèt lous soouses e lous diniès.

Jamai lou brabe ritou s'èro pas bist tant ritche, e pensèt de faire part de sa ritchesso e de sa noubèlo fourtuno as seous parouquiens paoures; mès la Marioun i diguèt que ço que abiè amassat, soout per soout e diniè per diniè, èro per croumpa un tessou afi d'abe uno pitchouno proubisiou de graisso e de lart per l'annado, que trop d'oli i fasiè mal



2

Lou ritou la boulguèt pas countraria, ni que benguesso ma-laouto, e la laissèt faire lou mercat d'un tessou.

L'affa se faguèt ame un besi d'un aoutre mas. La bestio, un paouc menudo mès paouc coustouso, arribèt a la caminado. Lou bendeire, ouneste ome, boulguèt pas reçaoure tout de suito lou mountant del porc, per ço que n'èro pas estat lenguejat, per manco de lenguejaire, e que seriè randut se èro recounegut la-dre un cop tuat.

La Marioun cerquèt un sannaire e lou troubèt. Aqueste èro un gran diable d'ome que fasiè forço mestiès; mès lou principal èro lou de pages de la luno. El segabo, foutchabo ou bende-miabo la neit e, lou pus souben, sus las terros des aoutres; es bertat qu'èro carguat d'uno famillo noumbrouso.

Aquel sannaire arribèt a la caminado ame soun adjutori e sa cournudo e sannèt lou porc.

Coumo es d'usage des sannaires, manquèt pas de faire coum-pliment sul la qualitat de la bestio que troubèt pas ladro.

— Moussu lou Ritou, abes fait un boun mercat. Dema mati tournarem per coupa la bestio que, aqueste ser, seriè pas prou caillado.

— Seras pas soul a beni; lou paysan que m'a bendut lou tes-sou deou beni serca l'agent e yeou bous farei beoure un cop del bi que ne disi la messo as festenals.

— Moussu lou Ritou, s'èri a bostro plaço, quant bostre ben-deire bendra, i diriè : M'oou panat lou porc aquesto neit e lou bous podi pas paga que l'argent me fa besoun per ne croumpa un aoutre.

— Malurous! Que me dises aqui? Me dire et cousseilla de menti e de pana! Quant fousquesso bertat que lou porc me seriè panat, yeou ne deouriè pas mens lou paga, e lou pagariè.

— Poudès abe rasou, Moussu lou Ritou; cadun pensam a nostro manieiro. Yeou panariè pas l'argent, pla sigur, mès lou gardariè manlebat tant que n'aouriè besoun, ço que pouriè dura loungtens.

Aco ditch, partiguèt ame soun adjutori, prenguen dins sa guirbo las sedos del porc.

Dins lou mietch de la neit tournèt ame soun camarado en saouten la murailleto de la bassocourt, despenjèrou lou porc e lou prenguèrou en passen pel meme cami.

Al mati, encaro qu'ajesso beillat touto la neit, lou gus de sannaire arribèt a la caminado ame soun pugnal e sa grando coutèlo per coupa lou porc, coumo se sabiè pas que l'abiè panat.

Troubèt lou ritou fort estoumacat e la Marioun en plours.

— Ei pas mait besoun de tous serbicis, que, dins la neit, de boulurs sou dintrats dins la bassocourt en saouten la murailleto e m'oou panat lou porc.

— Moussu lou Ritou, abes be, saquela, pla bite proufitat de mous coussels encaro que me faguesses un bel sermou. La farço est pla jougado, boun faou coumplimen.

— Pensariès, per hasart, que mentissi? Saouras que jamai ma lenguo nou a mentit mait que la del porc que as sannat. Lou porc m'es estat panat e la traço des boulurs se bei prou a la muraillo. De la bestio me demoro pas que las tripos, lou cap, lou cor, las lèous, lou fetche e la melso ame las telettos; ço que pagarei pla trop car. Praco, t'ei proumes de te faire beoure un cop e tendrei paraoulo, atten soulomen que moun bendeire arribe.

Aqueste arribèt lèou, reçapièt soun argen, trinquèt ame lou ritou e lou sannaire e fousquèt pas qu'aprep que i apprenguèrou ço que s'èro passat.

Tournat a soun oustal, lou sannaire, al moumen de dina, diguèt :

— Abem fait aquesto neit un trop bel cop per dire pas lou be-

nedicitè en mangen uno bèlo peço del porc; douncos : *Benedi-
citè, benedical, que lou porc de moussu lou Ritou nous fague
pas de mal!*

Lou pus joube des drolles del boulur ne perdèt pas un mot,
et, coumo se troubèt que, al catesisme, lou ritou parlèt del bene-
dicitè, s'emprieisset de dire :

— Yeou lou sabi, que, al dina, moun paire l'a ditch el que
m'en soubeni pla.

— Recito lou, i diguèt lou ritou.

E lou drolle de dire las memos paraoulos de soun paire.

Lous aoutres drolles y coumprenguèrou pas res; mès lou ri-
tou besquèt pla qu'èro lou sannaire que i abiè panat lou porc e
que se trufabo del per dessus lou mercat.

Lou drolle l'abiè denounçat; mès couci bo prouba e couci se
y prene per faire temouegna lou drolle ?

En y refletchiguen pensèt que la miliouno probo seriè de faire
tourna dire pel drolle, mès dabant forço mounde, ço que beniè
de counta.

Douncos diguèt al droullet :

— Toun benedicitè es fort poulit, e yeou bouldriè lou faire en-
tendre a toutes mous parouquiens. Escouto! Dema qu'es di-
mentche, al prone de la messo, quant serci en cadieiro, te de-
mandarei de recita lou benedicitè et lou diras coumo benes de
lou dire.

Lou droullet, fier de soun saber e de recita dabant tout lou
mounde, se pousquèt pas tene de bo dire a l'oustal.

Alaro lou paire coumprenguèt que trop parla noi e s'emprieis-
sèt de dire a soun drolle :

— Te boou ensegna un aoutre benedicitè pla pus poulit en-
caro; reten lou pla e douma lou diras a la messo quant lou ritou
lou demandara.

A la messo lou ritou manquèt pas de parla del benedicitè e demandèt al drolle de lou recita coumo lou sabiè.

Aici couci parlèt lou drolle :

— *Benedicitè, benedicant, d'al tens que moun paire emmargabo l'araire, moussu lou ritou caressabo ma maire.*

Bous laissi a pensa couci moussu lou Ritou fousquèt mouquet.

La paroulo i manquèt per continuia soun prone, e finiguèt la messo lou cap baissat, ajen prou peno a leba lou bras per douna la benedictiou a sous parouquiens.

Ne faguèt uno malaoutiè e renouncièt a persegui lou boulur encaro que lou counesquesso, countrit el meme d'abe pecat en cerquen a faire denouncia lou paire per fil e d'abe laissat Marioun garni uno dinieirolo.

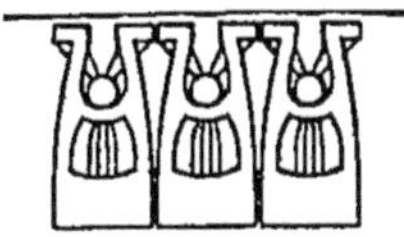

## PENJO-CRABOS ET TROUILLO-CEBOS

s pas d'abouei que bous boou parla, mes belèou de dous cents ans abant que nasquessi.

Protche d'Albi et dins la countrado entre Frejairollos, Labastido, Piotchcouzou e Mounsalbi, trepabou en aquel tens dous caminaires, benguts on sabiè pas d'ount e couneguts souloment, l'un, lou pus grand e lou pus fort, joust l'escaïs de « Penjo-Crabos », l'aoutre, pitchou, magre e negrot, joust lou de « Trouillo-Cebos ».

On lous besiè pas soubent ensemble, mès se sabioou trouba la neit per mal faire.

Penjo-Crabos s'en preniè, mait que mait, al bestial e a las poulaillos; Trouillo-Cebos accampabo las recoltos sul pè, la neit, e èro un beritable pagès de la luno, desproufejen dex cops mait de biando que nou ne recoultabo. A eles dous, laissabou pas gaire res de mal estremat et sabioou encaro trouba ço que bos èro pla.

Tout lou mounde lous crentabo. Se sabiè pla prou que panabou, mès digus aousabo pas lous denouncia ni refusa de lous allouja per uno neit dins un cantou d'estable, sus uno paillado, que se disiè pertout que lous que lous renbouiabou, besioou, dins la quinseno, flamba la garbieiro ou lou paillè. Es brai de dire

que, coumo la poulido, fasioou pas jamai tort, al mens sul mou-
ment, a'n aqueles que liour fournissioou un leit sans coussero et
sans cabes, et liour dounabou uno crousto de pa.

En courreguen las bordos, disioou be que cercabou de trabal,
mès pregabou Dious de ne trouba pas, e se per asart liour de-
mandabou, en cas de prieisso, a aduja al trabal que se fasiè, di-
sioou pas nou et traballabou jusquos al dina e lou bentre ple,
s'escampabou : abioou pas mait talen!

Per se rejunge la neit per counbeni ou per faire de missants
cops, abioou caousit lou pitchou portche del cementeri de Sant-
Sarny d'Entre-Mounts. La gleiso d'aquel noum èro dins un ba-
loun, soulo, foro mazes, e y abiè souloment pèdo elo la cami-
nado. Lou cementèri èro a qualquos centenados de passes pus
lèn.

Coumo toutes lous cementèris del tens, èro souloment claous
de muraillotos bassos per empatcha lou bestial d'y ana paisse;
mès abiè un portche cubert a l'intrado, portche tampat d'uno
bieillo porto sans sarraille e que se barrabo ame uno bartabello
ou gisclet de bouès que se tirabo per un courréjou estacat a'n un
cabillou.

Sur un coustat d'aquel portche y abiè un peirou que serbissiè
al toumbiè per se paousa de soun trabal ou per manja, e soubent
las beousos s'y sietabou aprep l'enterroment per essuga liours la-
grèmos ou per radouba liour bestiment e liour coffo abant de
tourna trabersa lou pays.

Quant nostres dous caminaires se y recatabou per ana pana ou
per partaja la maraoudo, èrou pas toujoun d'accordi et se dispu-
tabou. Lous passants attardats, en entenden de brutch, s'imagi-
nabou, espaourits et crentouses, qu'èrou de rebenants que fa-
sioou de las liours e, me poudès creire, mousissioou pas dabant
aquelo porto. La reputatiou del portche ero tant pla fatcho, que

lous bous chresliès lou futchissioou a toutos cambos, quant passabou, la neit.

Aqui que, un ser sans luno et de neit escuro, lous dous pataris se y troubèrou. Penjo-Crabos, lou prumiè, diguèt a soun coumpayre que cresiè abe troubat un boun cop a faire :

— En passen per la brugo de la Fountanariè, ça diguèt, ei bist lou pastrou de la bordo que fasiè paisse lou troupèl des moutous sans co. Ei demandat al droullet ço que abiè fait d'el seou, e m'a respoundut que lou pagès abertit que lou cagnot seguissiè per soun counte uno lèbre, prenguèt lou fusil, tirèt la lèbre, mès tuèt lou gous. Douncos, siem pla sigurs que la basso-court de la Fountanariè sera pas gardado aquesto neit e que sera facile de dintra dins l'estable des moutous et de ne prene un. Lou pastrou, bo sabi pla, dourmis dins l'estable des bioous. Lou moutou que prendrem sera bendut et manjat abant que se mainou que manquo al troupèl.

— Yeou, diguèt Trouillo-Cebos, ei bist debattre lous grosses nouiès de la Couillè et ramassa las nouses joust uno cuberto qu'es pas tampado. Y en a un gros mountet dount on pot pla rempli las biassos sans que res y paregue.

— Ta troubaillo es be, coumo toujoun, un paouc magro, respoundèt Penjo-Crabos, mès pel moument cal faire bentre de tout. Passaras pel la Couillè, rempliras tas biassos de nouses pendent que yeou anirei a la Fountanariè pesca un moutou. Aici nous tournarem trouba e lou prumiè arribat attendra l'aoutre; piei partirem al pus bite debès Denat, cadun per un accourji different, que sabes que dema es la fieiro. Arribats de boun mati, bendrem al pus bite nostre butin et quittarem l'endretch talèou abe begut un cop per tua lou berp.

Lous dous caminaires partiguèrou coumo èro ditch, cadun de soun coustat.

Trouillo-Cebos tournèt lou prumiè, sas biassos garnidos de nouses, se siètèt sul peirou e, coumo abiè lou bentre treoule, se mettèt a trussa de nouses ame un caillaou e a las manja.

Pendent que crouquabo nouses, lou sacristèn de Sant-Sarny benguèt a passa dabant lou portche, entendèt un brutch que coumpreniè pas, mès, aqueste cop, sigur que y abiè de rebenants ou de diables, pensèt qu'èrou eles que crouquabou lous osses d'uno bieillo fenno enterrado del mati et que passabo per sourcieiro.

Al pus bite courreguèt aco del ritou per i counta ço que beniè d'aouzi et ço que ne pensabo.

Lou ritou i respoundèt que la paouro bieillo èro uno fort brabo fenno que s'èro coufessado e abiè reçapiut l'absoulutiou; douncos lou diables y poudiè pas res; et que quant as rebenants, èrou belèou d'amos en peno, et que se fariè de preguairos per elos.

— Moussu lou Ritou, parlas coumo sant Jean-Bouco d'or; mès yeou e toutes bostres parouquiens disem que rendriès un grand serbici a la countrado se bouliès exourcisa diables ou rebenants; tout lou mounde boun saouriè gra e boun mainariès pla as presents que bous serioou faches a las crouses, per las Rougatious. Benès douncos al pus bite mettre ordre a tout, del moument que, del sigur, diables ou rebenants y sou.

— Paoure efan, beses que ei la goutto e que, encaro que y aje pas que dous cents passes d'aici al cementèri, aquel cami lou podi pas faire; mès tu que courres coumo uno lèbre, pren, se bos, l'esparsou e l'aiguo segnado e bai-y.

— A pla bous dire la bertat, moussu lou ritou, ei pas grando counfienço en nostro aigo segnado que ei tant e tant aloungado per ne poude tene a las debotos que ne benou pousa; mès per bous que la fasès et abès tout pouder, l'aiguo aoura touto sa bertut. Poudès pas courre, bo besi be, mès bous podi pourta. Bous carguarei sus mas espallos que sou pla larjos e, a cabarletos, seres tant pla que lou Papo sul sièti pourtat pes cardinals; yeou, ame bous, aourei pas poou de res.

La bieillo sirbento dount lous èls abioou lusit quant lou secristèn abiè parlat des presents de las crouses, preguèt a soun tour lou ritou d'y ana, e tant, que lou brabe ome se decidèt, carguèt lou subrepelis e l'estolo e prenguèt l'esparsou.

Fousquèt pas sans peno que s'establiguèt sus las espallos de soun sacristèn, mès aco se faguèt et partiguèrou.

Lou ritou èro gros e gras; atabe lou sacristèn que serbissiè de mounturo poulsabo espes abant d'arriba al portche dount la porto èro entreduberto e y dintrero del cop.

Trouillo-Cebos creguèt, a l'escur, qu'èro Penjo-Crabos qu'arribabo ame un moutou blanc sul col e cridet : « Es gras ou magre? »

Mait qu'espaourit, lou sacristèn descarguèt lou ritou en diguen : « Magre ou gras, aqui l'as! » e s'escampèt sans mait.

Lou ritou, coumprenguen pas ço que ne birabo, e noun mens escarnit que soun sacristèn, troubèt la forço de se leba e de futgi, malgre la goutto, jusquos a la caminado, ount arribèt presque tant bite que soun sacristèn.

Trouillo-Cebos coumprenguèt pas mait que lous aoutres ço que beniè d'arriba e ne demourèt fort estoumacat.

Praco, Penjo-Crabos arribèt lèou, coumprenguèt pas res tant paouc, mès lous dous caminaires filèrou sus Denat, ount bendèrou moutou e nouses a'n un gargoutiè recataire, que liour dounèt a beoure e lous paguèt fort paouc.

Ço que s'èro passat la neit al cementèri fousquèt countat lou lendema de cent manieiros differentos e lous paysans ne creguèrou pas que mait as rebenants.

Praco, lou biel paire Matibou, lou toumbiè, un ancien souldat, que cresiè pas gaire as rebenants, boulguèt esclarci l'affa e anguèt al cementèri besc se poudiè descurbi ço que s'èro passat. Joust lou portche besquèt lous cascals de las nouses trussados, per terro troubèt de lano de moutou blanc e l'esparsou del ritou.

Dins lou cementèri y abiè pas uno soulo pesado a l'entour de la toumbo fresco ni protche de cap d'aoutro, pas un fenoul ni uno pastenaguo d'escrasats. Coumprenguèt que èrou de caminaires que aqui èrou passats e ne serquèt las traços, ço que, per el, fousquèt pas loung.

Y abiè pas que lous nouiès de la Couillè que fousquessou debatuts, et Trouillo-Cebos y èro passat dins la journado; lou y abioou bist. A la Fountanariè manquabo un moutou blanc e se sapièt que Penjo-Crabos n'abiè bendut un a Denat. La pèl recercado pourtabo encaro la marco roujo del troupèl de la Fountanariè.

Sus la denouncio del toumbiè, se fasquèt uno infourmatiou de justicio e lous temouens manquèrou pas d'y beni dire ço que sabioou des dous caminaires e belèou ço que sabioou pas, aro que lous brigans èrou claouses.

Se descurbiguèt forço crimes que abioou faches e, sans pietat, fousquèrou coundamnats e penjats.

Penjo-Crabos, aco se diguèt, que fasiè pas jamai qu'uno soulo pregairo : « *Boun Dious de misericordo, quant me penjaroou, coupas-me la cordo* », la fasquèt, mès la cordo tenguèt bou.

Aprep aquel affa, se parlèt pas mait des rebenants del cementèri d'Entre-Mounts.

Bous saouriè pas dire se lou sacristèn fousquèt grit de la poou; mès lou ritou, autant de gagnat, bo fousquèt de la goutto. Se dis pas se d'aoutres se soun serbits del même remèdi.

## LOU DRAC

ou Drac! Qu'es aco?

Aro, e desempiei lountens, s'en parlo pas mait, mès s'en parlabo encaro quant èri droullet.

Lou Drac èro un diable, pel sigur, mès un prou boun diable que s'en preniè pas gaire qu'a las fennos ou fillos banitousos ou trop laoujeiros per las mata pus lèou que las damna.

Tout joubenot, e en bacanços per qualques jouns aco de moun paire de nouiriçio, y ajèt un ser un senet de las fennos e fillos del mas per ajuda a despeloufra lou mil.

Dins l'oustal, s'en fasioou uno festo, e yeou, fort curious de bese aquel trabal, m'endourmiguèri pas abant la beillado.

Troubèri pas rès de pla dibertissent a ço que se fasiè, mès toutos las fennos et fillos barguabou de la lenguo en despeloufren, quant, anfi, Catinou, uno bieillo minino, prepaousèt de dire lou counte del Drac; alaro las aoutros tenguèrou la lenguo per aousi lou counte.

Per lou pla coumprene abouei, bous cal saoupre que dins la carrieiro des Capelas de la bilo d'Albi y a un oustalou que aro porto lou numéro 5 e que, al tens del counte, èro abitat per uno brabo fenno, beouso d'un campaniè de Santo Ceseillo, mort en sounen las campanos aprep abe trop begut.

La beouso abiè dos fillos deja maridadouiros. Rousou, l'ainado, èro lissairo de soun estat e èro tant adretcho dins sa partido que teniè las praticos de presque toutes lous canounjes e

capelas de la Cathedralo, tant pla sabiè plissa a l'ounglo e lissa
rouquets, albos e surpilicis a alos. Coumo èro deja grandeto
quant soun paire mouriguèt, se soubeniè des desaccordis de
l'oustal benguts de l'ibrougnariè del campaniè, e, encaro que
fort bèlo fillo e resercado, demourabo resoulgudo a se marida
pas.

La catèto, Janil, èro pas tant bèlo fillo que soun ainado, mès
poulidoto e fort delicado. Elo, atabe, èro adretcho, noun pas tant
a lissa qu'a repara lou linge fi que lababo la maire. Repreniè a la
guillo las pus finos dantellos esquioussados sans que y pare-
guesso mait res.

Aquelos tres persounos bibioou prou aisidoment de liour tra-
bal e èrou cousiderados a caouso de liour bouno counduito e de
liour bouno reputatiou.

Un joun de Toujans, a la sourtido de l'uffici del ser, maire e
fillos se troubèrou joust lou grand portche de la gleiso ame qua-
tre fillos del besinatje e se parlèt de la fieiro d'Arthès que se teniè
lou lendema dins l'aprep dinado.

En aquel tens e encaro dins moun joubentun, la fieiro d'Ar-
thès abiè grando renoummmado perque se teniè lou darniè joun
de las bacanços noun souloment des escouliès, mès encaro des
seminaris et des tribunals.

Touto la juinesso d'Albi y courriè e s'en fasiè festo. Coumo
bestial y abiè pas que de crabos, mès y se bendiè forço carabenos
pes panieiraires, de nespoulos e d'api. Y se manjabo de salcissos,
de castagnos roustidos, e y se bebiè forço bi blanc dous; enfi, y
se dansabo e y se jougabo a las amellos perlinados.

Per arriba a Arthès, caliè passa Tarn, aprep lous rocs, dins
uno grando naouc, que encaro y abiè pas de poun. Lous mainat-
ges, al retour, countabou abe trabersat la mar e loungtens ne par-
labou; lous juinomes s'amusabou a faire semblant de cabira la

barquo, amai se disiè qu'un cop y reussiguèrou trop pla e que qualques uns se neguèrou.

Saoures que las fieiros d'Arthès s'establiguèrou y a aro 517 ans, e y en abiè dos que debioou dura tres jouns caduno. Siguidos en coumencent, toumbèrou pus tard e, soulo, la de Toujans rebiscoulèt, mès per l'aprep dinado soulomont; la del dijoous aprep Pasquos demourèt perdudo e, soulomont, es de nostre tens que es estado remplaçado per la del sieis de janbiè.

Aro y a pas mait de crabos ni de carabenos, mès soulomont de nespoulos e paouc de bestial.

Passa sul pount, y a pas mait de plasè, e tourna sans carabeno et sans fioulèl dis pas mait res.

.Coumo èro counbengut, Rousou, Janil e las aoutros quatre fillos partiguèrou aprep l'uffici del mati, frescos e gaios per la fieiro.

Aqui tout se passèt fort pla en passejados e en roustidos, las potchos garnidos de nespoulos, caduno uno carabeno a plumet en uno ma e un fioulèl dins l'aoutro.

En s'en tournen, arribèrou a las Planquos que serbissioou a saouta lou riou de la Moulino de Caoussels; piei lou cami, las Planquos passados, passabo sul pitchou poun que encaro s'y bei per saouta lou riou de Jaoujou. Lou cami grand èro pas fait, ni lo poun de las Planquos bastit.

De sus las planquos, uno de las amigos saoutèt sul sablas que se trobo a la punto des dous rious, las aoutros siguiguèrou, e toutos ensemble dansèrou en roun en canten :

A las Planquos
Y a de rosos blancos
E de flours boutous,
Madoumaisèlos, maridas bous!

Pensabou pas de mal faire en dansen entre elos, e s'en dou-
nabou a plase; mès arribèrou darrè elos de juinomes que,
coumo elos, benioou de la fieiro e que perdèrou pas tens per las
rejunge e dansa. Rousou e Janil boulguèrou pas dansa am'eles
e se tenguèrou de coustat; las autros quatre se faguèrou pas trop
prega, diguen que abioou proumes souloment de dansa pas a la
fieiro e que la fieiro èro lèn et finido.

Presque al mème moument t'arribèt un tiraire d'amellos per-
linados que propaousèt as juinomes de lous faire jouga e eles y
counsentiguèrou. A cado cop gagnabou e lou tiraire ne risiè.
Aquelos amellos las dounabou a las fillos que las crouquabou a
bèlos dents. Ni Rousou, ni Janil ne boulguèrou pas souloment
tasta uno.

Las dansos recoumencèrou e, per faire miliou que pla, lou ti-
raire sourtiguèt un graile de sa bouèto ount tustabo la mesuro
coumo sus uno tambouro; la joio èro dins toutes lous èls.

Lasses de dansa e de saouta, lous dansaires s'arrestèrou un
moument per se paousa e alaro lou tiraire d'amellos sourtiguèt
de la bouèto de las perlinos de rubans de toutos coulours, de
bendèls de flandreso, de listros broudados, de moucadous de
col de toutos las coulours en sedo, sans counta cadenos, bagos e
pendens d'argent et d'or.

Diguèt as juinomes :

— M'abès gagnat las amellos, scriè juste que me faguesses
gagna quicon sus aquestes articles.

E lous juinomes de se metre a jouga, gagnen, gagnen tou-
joun. Alaro distribuèrou ço que abioou gagnat a las quatre fil-
los, que s'en parèrou ame plase.

Rousou, fidèlo a la recoumandatiou de sa maire, se gardèt de
prene res; mès Janil y pouguèt pas tene, e, a la deraubado, se
laissèt metre en ma un moucadou de sedo de toutos coulours,

pla plegat dins un papiè daourat, e l'empusèt dins sa potcho sans que sa sorre ainado s'en mainesso.

A toutes aqueles jocs lou tens passabo e la neit arribabo; caliè pensa a parti d'aqui e a reprene lou cami de la bilo.

Al moument ount anabo mounta sur las planquos, lou riou grandiguèt tant tout d'un cop, que lou pitchou sablas ount èrou las fillos benguèt uno islo ame d'aigo de toutes lous coustats e pas mouyen de sourti d'aqui sans se bagna las cambos.

Couci se tira d'aqui?

Rousou, degourdido e forto coumo pas uno, te besquèt un chabal blanc que semblabo paisse qualques brouts d'erbo sul sable sans s'enquièta del riou; elo i courreguèt e i saoutèt a l'encouluro en criden a sa sorre de beni. Aquesto bo se faguèt pas dire dous cops, arribèt e saoutèt sul l'esquino de la bestio en se tenguen abrassado a Rousou.

Lou chabal branlabo pas de plaço e las aoutros quatre fillos i mountèrou atabe sul l'esquino que s'alloungabou en proupourtiou de las cabalieiros que i mountabo. Toutos mountados, lou chabal allounguèt las cambos de dabant que passèrou de l'aoutro part del riou, mès las aoutros demourèrou debès lou sablas; pici, l'esquino de la bestio se restritchiguèt e las quatre fillos toumbèrou a l'aigo. Rousou, que abiè pas quitat de tene lous crins de las mas, lempèt per terro e sa sorre que l'abrassabo se bagnèt pas que lous pès.

L'aigo èro pas plounço, mès prou treboulo e, coumo pensas, lous coutillous, lous debasses e lous escarpins beguèrou un cop e se saliguèrou.

Lous juinomes e lou tiraire d'amellos èrou partits. Lou chabal blanc descampèt sans que digus, dins l'embul ount èrou las sieis fillos, se mainesso ount èro passat.

A peno issaourados, las paouros fillos en troupèl passèrou lou pount de Jaoujou e lou cami de Saint-Marti.

La neit èro bengudo negro e sans luno; urousoment per las mangeairos de perlinos, que toutos ajèrou un tarrible mal de bentre que las fourçabo a s'arresta soubent.

Rousou e Janil courrioou gaillardoment e sans peno; mès aqui que, abant d'atenje la Malaoutiè, qu'èro al round de Sant-Marti de nostre tens, un crabidou, pel sigur perdut, bièlabo lou loung des balats sans se laissa attrapa. Rousou lou siguiguèt soulo e finiguèt per lou sasi e l'enfounillet dins soun faoudal, encaro que toutos sas coumpagnos i diguessou que lou caliè pas prene, que troubariè prou mestre.

Arribados en bilo, lou troupèl se separèt e caduno de las fillos anguèt a soun oustal.

La prumieiro arribado, mès tardieiro, fousquèt mal reçapiudo, ame aco que èro bagnado e salo. S'excusèt coumo pousquèt e per distraire lous parents liour faguèt remarqua lou bel ruban que abiè al cap, ruban gagnat a la fieiro sans costi.

— Mès, malhurouso! es poun uno serp que as al tour de la coffo!

Alaro souloment sentiguèt que la serp la sarrabo a i fendre lou cap.

Cridabo de touto la forço de sous palmous e tant, que lous besis e las besinos crentan un malhur arribèrou toutes.

Digus poudiè pas destaca la bestio que buffabo e menaçabo de mourdi lous que approutchabou. Uno besino ajèt l'ideio d'ana cerca d'aigo segnado que i gelèt dessus, e la serp se destaquèt e partiguèt en passen joust la porto.

Uno aoutro que abiè mes lou ruban dins lou se, ne tirèt uno grosso blando que trabersèt lou fioc sans se brulla e s'escapèt pel traouc de l'aieiro.

La tresièmo abiè garnit sous dets de baguos; lous besquèt enfla a bisto d'èl e souffrissiè taloment que calguèt la mena a'n un orfèbro per las coupa. Aquelos baguos èrou toutos de ploumb.

La quatrièmo que s'èro passado uno poulido cadeno al col, n'èro estranglado e ajèrou pla peno de la i tira sans l'estoufa. Al loc d'or, la cadeno èro de couire.

Janil, sans se banta de res, e dintrado dins l'oustal, tirèt a l'amagat de sa potcho lou bel moucadou que se troubèt esse un tros d'estoupos. Al sigur de lounglens nou ne diguèt res a digus.

Quant a Rousou, amc soun crabidou dins lou faoudal, ne poulsabo pas uno, mès èro lasso a se poude pas mait tene, tant i pesabo lou bestiou que toujoun se bouleguabo e i tustabo sul bentre del cap e des pès.

En arriben daban sa porto, tenguèt pas mait soun faoudal que d'uno ma per poude atenje de l'aoutro l'anèl rascadou de la porto, anèl que remplaçabo lou tustet bourges sul la porto des oustals basses.

Lou crabidou fiousèt lou faoudal e s'escapèt, mès èro pas mait crabidou; èro un gros bouc que capejèt la paouro fillo e i espoutiguèt lou nas e, en biren lou cantou, fiquèt uno petarrado a empouisouna lou quartiè.

Rousou, trop ounesto per menti, coufessèt a sa mairc ço que s'èro passat e counbenguèt qu'abiè agut tort de prene lou crabidou que i aparteniè pas.

Sans souloment attendre lou lendema, dins lou quartiè e lèou dins touto la bilo, en apprenguen tout aco, cadun diguèt : « Aco es pla de tours del Drac! »

D'aqueles tours bous beni de counta lous dount me soubeni e finissi per aqueste cop.

— Mès lou Drac! Que debenguet?

— Lou cresi pla mort, s'en parlo pas mait!

# LA SIRBENTO DEL RITOU ET LOU CRABIDOU

INS uno paroquio de campagno, saouriè pas bous dire qu'uno, un joun de grand festenal, moussu lou ritou abiè coubidat qualques aoutres capelas, sous amics, a la ceremouniè.

Malhurousoment, e al grand desplase de la sirbento e del mestre, la pitanço èro fort teounio, encaro que lou ritou ,per la circounstenço e coumo èro d'usage, ajesso fait appel a la bouno boulountat de sous parouquiens per i fourni qualco pitanço caousido.

L'ouro passabo e la messo èro sounado sans bese res beni.

La messo coumençado, lou ritou besquèt sa sirbento que mountabo a la tribuno del founs de la gleiso e de darrè lous omes, moustrabo un crabidou escourjat e brassejabo, ajen l'aire de demanda : couci l'apresta?

Sans se troubla, moussu lou ritou, a la coullecto, se birèt debès lous assistans e cantèt :

> Dabant boulit,
> Darrè roustit,
> Las couradillos en fricasseio.

E lous parouquiens, sans abe res bist, ni res comprès, respoundèrou :

Amen!

Soulo, la Marioun aousiguèt e coumprenguèt aquel noubèl lati e cousinèt en counsequenço, hurouso del bèl present arribat tant a prepaous.

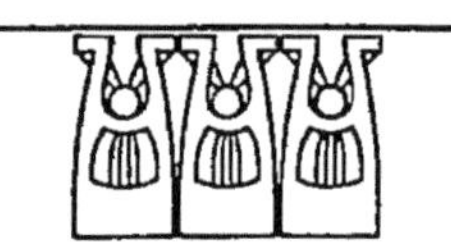

# LOU COUPLE MISÈRO

N cop èro, del tens passat, que y abiè, sus las terros del Priourat d'Ambialet, un couple de bièls pescaires del noum de Misèro.

Toutes lous Albigeses sabou pla prou que la ribieiro de Tarn, en arriben a Ambialet, ben tusta de cap a l'encountro d'un roc dretch coumo uno paret e espes, tout al mait, d'uno souacenteno de passes, ço que forço la ribieiro a se bira et a faire uno cinglo de tres quarts de lègo, per tourna del aoutre coustat d'aquelo forto paret de roc qu'a pas pougut dounda.

Al mietch de la terro cintado per l'aigo, y a un suc prou naout que pourtabo lou couben des mounges.

Las terros d'al pè del suc dependioou, en grando partido, del Priou del coubent que arrendabo la pesco de la ribieiro e se reserbabo per deimo la caousido des peisses lous pus grosses e lous milious.

Demest aqueles peisses y abiè qualquos troujos, de cabots, de sièges, de barbèous e forço caboutils e trouans.

Quant lou pescaire Misèro arribabo de la pesco, un mounge s'emprieissabo de dabala del coubent per caousi la part del Priou e bite sarra lou peis biou dins lou coffre de reserbo del couben, que èro negat dins la ribieiro, cadenassat e encadenat a un gros piboul de la ribo.

Misèro preniè ço que demourabo per sa part e embouiabo sa fenno ne faire soouses et diniès, garden souloment qualques unes des peisses, lous pus bious, per para a las coumandos.

A'n aquel mestiè, nostre pescaire fasiè pas fourtuno. Ero estat cargat de famillo e drolles e drollos s'en èrou anats establi pus lèn, a faire d'autres mestiès que lou del paire, se soubenguen del prouberbi que dis que cent pintres, cent cassaires e cent pescaires foou tres cents paoures.

Ero uno balento, la fenno de Misèro; abiè nouirit tantes de nenous estranjès que de seous mainages; abiè passat soun joubentun a laba cottos, bourrassos e tioulairous, e a simoussa tout aquel pitchou mounde.

Aro, lou couple abiè bieillit, las forços èrou partidos, e, ome e fenno, abioou pla peno a bioure de la pesco; attabe, anabou lou pus soubent descaousses, faouto de poude souloment croumpa d'esclops,e toutes espeillats. La paouro fenno Misèro poudiè pas mait enguilla las guillos per petassa sous coutillous, ni las bestos de l'ome.

Lou brabe pescaire, bièl e roumput, mettiè forço tens a soun trabal e abiè grando peno per gita l'esparbiè que trop i pesabo.

Al moument dount bous parli, s'anabo dintra en careme; moussu lou Priou descendèt a la ribo debès la miserablo cabano del pescaire e, trouben Misèro que reparabo sous fialats, i diguèt :

— Sabes, Misèro, que siem as darniès jouns del carnabal que dema es caremantran. Te cal affana al pus bite de pesca per rampli la resèrbo del coubent, que, per faire magre, noùs poudem pas passa de peis.

Fai attentiou que, se nous laissos manqua d'aquelo proubisiou, pouirei pas m'empacha de douna la pesco a 'n un aoutre pus joube que tu.

— Hé! moussu lou Priou, que debendrem, ma fenno e ieou, se nous tiras la pesco?

— Brabe ome, aisso nous regardo pas; nous cal fa magre en careme. Se podes pas mait pesca, bous dounarem be la soupo al coubent, e, per ços aoutre, prendres las biassos; seres pas lous prumiès, ni lous darniès.

— Ana demanda l'almoino aprep abe trabaillat tant lountens e abe elebat tantes de maitnages! Aimarici mait m'ana nega tout de suito.

— Te desespères pas coumo aco, paouro Misèro, Dious aoura piètat de tu e t'adujara.

— Bous, moussu lou Priou, que siès del *Dominus vobiscum*, risquas pas de mouri de fam e poudès counta sus Dious; mès nous aoutres del *cum spiritu tuo*, siem pas tant sigurs de trouba per bioure, quant poudem pas mait trabailla.

— Ane! ane! moun brabe ome, pren patienço, tout s'arrenguara.

— La patienço! n'oun cal be prene, qu'es lou soul remedi des paoures.

Moussu lou Priou tournèt mounta al coubent e Misèro, que abiè paousat bagneges, boussolos et bugardels, mountèt dins soun garrabot per lous ana leba.

Praco, desempiei qualques jouns, l'aouto poulsabo ou buffabo, e Misèro, crenten uno tarnado, perdèt pas uno minuto per entreprene soun trabal, tout en sapien que ni la plejo, ni lou bent nou soun pescaires ni cassaires.

En coumencen, tout anèt prou pla e la pesco èro bouno; quant tout d'un cop lou bent se lebèt e uno tarnado arribèt; l'aigo benguèt tant grando que, ni ame lou pal, ni ame la ferrado, Misèro troubabo pas mait lou founs de la ribieiro e poudiè pas mait counduisi lou garrabot.

Alaro cerquèt a prene terro, sans poude, le fial de l'aigo le poussabo al mietch de la ribieiro.

Per se tira d'affa, ensajèt de s'encrouqua a las bediços de la ribo e y abiè reussit quant lou croc de la ferrado se descouffèt. La barquo birèt e rebirèt, e, dins un remous, capbirèt, neguen pescaire, peisses e engins.

Misèro, que n'abiè bistos d'aoutros, abiè pas perdut lou cap e teniè toujoun la barro de la ferrado, ço que i adujèt a se mentene sul l'aigo.

Aital faguèt forço cami sans bese sur las ribos digus que pousquesso beni a soun secours; praco, dabant la bordo de Fount antiquo, lous bourdiès l'entendèrou e ame liour naouc reussiguèrou a lou salba.

Arribat a terro, lou paoure Misèro, a bout de forços, s'espasimèt e lou reculliguèrou dins la bordo ount lou souaignèrou del miliou que se pouguèt.

Lou lendema, Misèro, bresat de sa negado, demandèt a tourna a sa cabano, e lous bourdiès pietadouses lou y pourtèrou ame liour carri.

A l'arribado, un aoutre malhur l'attendiè; lou cop de bent i abiè demoulit la mitat de sa paouro cabano e l'aigassi i abiè negat e pres uno poulo, lou soul cabal qu'abiè.

La fenno, fort enquièto e pla espaourido, teniè sus sous pès e s'emprieisset de faire cose tres ioous demourats de la poulo negado. Ame lous tres ioous y abiè pas qu'uno crousto de pa de sigal e un pitchè d'aigo en plaço de bi, dina fort magre en ple carnabal.

Misèro, segut sul soul sièti demourat entiè, prenguèt la mitat de la crousto e dous ioous.

La fenno touto regassado i diguèt :

— Coussi, Misèro, prenes dous ioous e m'en laissos pas
qu'un?

— Ma paouro fenno, tu mangèros hier e noun pas yeou; un
ioou se partajo pas e me semblo juste que yeou que ei lou mait
penat e lou mens manjat ne prengue dous e t'en laisse un.

— Yeou ne boli dous tant pla coumo bous!

. Cap de rasounoment la ne pousquèt pas faire rebeni; s'entes-
tudiguèt dins aquelo ideio e recitèt en litanios santos : « Ne boli
dous tant pla coumo bous. »

Barguèt talloment e sans paouso que finiguèt per poude pas
mait grioula.

— Fenno! sièis uno sans rasouno. Aro beses que podes pas
mait parla e que digus t'entendra pas. Se bos pas te countenta
d'un ioou, te baou mettre entre quatre postes e te farei enterra.

— Ne boli dous tant pla coumo bous! fousquèt la respouso
encaro fatcho, des pots souloment, a ço que i disiè l'ome.

Misèro cedabo pas, tant s'en manquabo, que raousèt e assem-
blet las postes e te y mettèt la fenno didins.

— M'en baou cerca lou ritou per t'enterra se t'atestudisses en-
caro. Digos se ne bos un.

La fenno respoundèt souloment que nou en branlen lou cap.

Misèro ba trouba lou ritou, i counto sa negado e lou malhur
arribat pendent aquel tens a sa paouro fenno, ajusten qu'èro
mait que tens de l'enterra.

. Lou brabé ome fousquèt cregut sus paroulo e lou ritou an-
guèt leba lou corps.

En aquel moument, Misèro se jitèt sus la caisso de la preten-
dudo morto en plourent e i diguèt tout douçoment : « Ne bos
un? »

L'aoureillo sur la poste entendèt un nou a s'y troumpa pas.

— He bel te boou enterra.

Al cementèri, Misèro, pietadous, recoumencèt la mèmo coumedio de plours, de cridals e la questiou.

Mèmo respounso.

Mès a la prumieiro palado de terro que lou toumbiè faguèt rebourdela sul la caisso, la morto cambièt d'ideio e, a cops de cap e de ginouls, soullebèt lou coubert de la caisso, sourtiguèt del traouc, e, galoupen aprep loú seou ome, troubèt de noubel la paraoulo e cridèt : « Ne prendrei un! »

Pensas que toutes lous assistans que sabioou pas ço que s'èro passat creguèrou que bouliè prene un d'eles e s'escampèrou al galop. Lou ritou ne faguèt aoutant, e, recounciliats, Misèro e sa fenno, bras dessus, bras dejoust, s'entournèrou coumo dous nobis noubèloment maridats a liour cabano; Misèro mangèt dous ioous e la fenno lou tresième, sans ne poulsa uno.

L'accordi durèt e la misèro demouret.

Sans barquo, sans fialats, sans engins. Que faire?

Calguèt prene las biàssos coumo abiè dits moussu lou Priou.

Tout lou mounde dins lou pays creguèt a un miracle e y en abiè un : la testudariè de fenno doundado.

Lou couple Misèro, soustat d'un coustat pes mounges e de l'aoutre per de mens paoures qu'el, bielliguèt mès toujoun Misèro. Deouguèt mounta tout dretch al cèl que l'abiè pla gagnat.

Aissi moun counte es accabat.

# LOU MEDECI DE SANT-SALBADOU

 ᴵɴs l'ancien tens, y abiè a la mountagno, as enbirous de Teillet, un paysan des pus ouriginals que bouliè pas res faire coumo lous aoutres.

Sa fenno i abiè dounat un heritiè e pensèt a lou bateja; mès boulguèt pas digus de sa parentat ni de sous amics per pairi, diguen que ne bouliè trouba un que fousquesso juste.

Lou paoure ome se doutabo pas que dins aqueste mounde lous justes soun mait que rares.

Douncos cargo sa blaoudo, pren soun capèl e soun pal e s'en ba debès la bilo.

La prumieiro persouno que troubèt sul seou cami èro un ome de bèlo mino, a la figuro aimablo e douço, poulit coumo un soout e pla bestit.

Lou passant, en besquen nostre paysan tant emprieissat e semblan mai que affairat, i demandèt ount anabo.

Aqueste i respoundèt qu'abiè un drolle a bateja e que anabo a la bilo per i trouba un pairi que fousquesso juste, perço que, dins soun endretch, n'y en abiè pas cap a sa couneissenço.

— As pas besoun d'ana pus lèn, te serbirei de pairi; soui lou Juste e toutes lous chrestiès aital me noummou.

— Hé! Qual siès tu douncos, que yeou n'aje pas jamai entendut parlo, encaro que chrestiè?

— Qual soui? Lou Boundious!

— Lou Boundious! Yeou l'ei pas jamai troubat juste. El a faites de ritches e de paoures, de grands e de pitchous, de dretches e de boussuts; aco's pas juste.

Bous boli pas per pairi e baou pus lèn.

— Boun bouiage!

Un bricou pus lèn se crouso am'un aoutre passan que i faguèt la mèmo questiou que lou Boundious, e el i respoundèt coumo abant. Piei i demandèt attabe qual èro e se bouliè i serbi de pairi pel seou fil, a la counditiou d'estre juste.

— Tant pla te serbirei de pairi e beiras que soui juste quand saouras que sioi lou Diables e que foou pas souffri que lous maissants.

— Lou Diablès sera pas jamai lou pairi de moun efan, per que pot pas dintra dins la gleio; aco 's tout dire.

— Tant pis pel teou fil, que yeou l'aouriè fait ritche que jamai pus, e i aouriè proucurat toutos las jouissençcos de la bido en aqueste mounde.

— Oppe! E piei, l'aouriès pres en infer per toujoun! Te remerci!

— Coumo de juste!

— Bai-t-en, bai-t-en, passo toun cami, que te boli pas, al sigur, per pairi.

Encaro pus lèn, aqui que bei beni un daillaire que pourtabo la faoutch sus l'espallo. Ero affrousoment magre, e on i besiè pas que la pèl e lous osses.

Ba sans dire que las questious e las respounsos se crousero coumo abant.

— Te podi serbi de pairi se bos qualcun de juste. Yeou soui la Mort! Espargni pas digus e foou pas de jalouses.

— Es bertat. Te preni per pairi; suiguis-me.

Aital ditch, aital fatch; souloment, aquel pairi de rencountro espaourissiè toutes lous que lou besioou de prèp, e lou ritou manquèt escampa l'aigo de coustat quand i ajèt dits qual èro.

En quitten la gleio, la Mort diguèt al paire :

— « Appren, que yeou bo sabi, que lou meou fillol se fara bièl, pla bièl, e que, se m'escoutos, i laissaras uno grosso fourtuno per el e per lous seous, se ne sap proufita.

— Coussi pouiriè laissa de fourtuno, yeou que ei pas res?

— Te baoou enseigna un mouien facile; te cal mettre medici.

— Medici! Mès sabi pas ni legi ni escrioure, que soui pas jamai dintrat dins cap d'escolo.

— Aco fa pas res; souloment te cal pas demoura al païs. Descen debès la bilo, sans y demoura, mès establis-te protche, a Sant-Salbadou, per exemple, joust Piotchcouzou. Per tout remedi e per faire pas ni mal ni be, dounaras pas jamais per tout remèdi que de pillulos de mico de pa e d'aigo de la fount d'el Leouze. Ame un bricou d'adresso, ta reputatiou sera leou fatcho. Lou mounde de la bilo bendra te counsulta. Coumenço per enbouia lous malaoutes se jaire e lous bisitaras al leit. Yeou y serei e tu soul me beiras. Se soui al cabes, lou malaoute mourira, al sigur; se soui as pès, lèou aqueles pès pourtaroou l'enfirme que grira sans cap de beritable remèdi. Abiso pla lous parents, mès encourajo toujoun lou malaoute. Mesfiso-te des medecis de la bilo que seroou fort jalouses de tu. Demandaras pas jamai d'aoutro pago que ço que las praticos te boudroou douna; gagnaras pla mait en ajen l'aire de counsulta per res.

Lou paysan-medici, sans abe jamai bist Mountpelliè, manquèt pas de praticos e faguèt fourtuno, tout en menan bouno bido e ame la councienço d'abe pas jamai tuat digus.

Paouc a paouc, croumpèt terros, bosques e prats sus la croupo del piotch e dins lous balouns. Sus la cimo de la coulino bastiguèt uno bèlo maisou que appelerou Creissens, dins lou pays, perço que, coumo s'y ajustabou toujoun qualquos pèços, anabo creissen a bisto d'èl. Pus tard y bastiguèrou uno gleio per remplaça Sant-Sarny d'Entre-Mounts que toumbabo de bieillun.

Nostre medicastre sabiè pas mai que desira e èro urous. Abiè fait pla instruire lou fil e l'abiè ritchoment maridat; tout i reussissiè.

Un joun que, per hasart, troubèt lou daillaire sus soun cami, la curiousitat lou i faguèt arresta e demanda couci se poudiè faire que sapiesso al sigur quand un malaoute debiè mouri?

— Siguis-me, i diguèt la Mort. E aquesto lou menet al pè del Roc, i mettèt un bendèl sus èls e lou faguèt dintra dins un traouc amagat per las roumes e pla ploun.

Quant fousquèrou a l'escur, la Mort i tirèt lou bendèl e aluquèt uno lanterno sourdo que pourtabo joust sa capo.

Lou courredou ount se troubabou èro negre coumo un touat, se birabo e se rebirabo soubent e èro tant destrech e tant bas que on y poudiè pas abança, qualque cop, qu'a gratipaoutos.

Courreguèrou aital ame grando peno un tens tant loung que se pot pas dire e, enfi, arribèrou dins uno salo que semblabo belèou detch cops grando coumo Santo-Ceseillo.

Y fasiè joun presque coumo al grand soulel, tant e tant y abiè de candèlos e de candelous que brullabou.

A cado moument, d'aquelos candèlos, s'en atudabou e s'en alucabou de noubèlos.

— Beses, diguèt la Mort al medici d'ouccasiou, cado mourtal a aici sa candèlo; y en a de grandos e grossos, mès atabe forço candelous. Ame lou tens, las candèlos oou fort dimisit. Las des patriarcos èrou grandos e grossos coumo de clouquiès e durabou de centenos d'annados, coumo la de Mathusalem que lusiguèt

noou cents ans. Aro, s'en bei pas cap de tant grosso, s'en manco
pla! Quant sa candèlo ou soun candelou finis, l'ome mouris
sans remissiou, siègo joube ou bièl. Coumprenes aro que yeou
que ei aici moun intrado, besi e sabi cal deou bioure ou mouri,
que couneissi la candèlo de cado mourtal.

— Boudriès pas me faire bese la candèlo del meou fil, bostre
fillol?

— Tè! l'as justoment aqui!

Aquelo candèlo èro grando coumo un cierge pascal e a peno
entemenado, tant brullabo douçoment e regladoment.

— Siès sigur que toun fil bioura lountens e ne debes esse
countent?

— Beroment bo soui countent! Mès la meou? La boudriè pla
bese atabe?

— Saouras que me fas uno demando pla indiscrèto e que ja-
mai ome a pas fatcho encaro; praco, per que ei tant fatch, la te
boou faire bese.

Aprep uno prou lounguo recerco la candèlo se troubèt, mès
èro pas mait qu'un mouquet prest a s'atuda.

D'aquel cop, lou medicastre manquèt de s'espasima e se pou-
diè pas mait tene sus pès.

Encaro que sourtit de la crozo per un cami pla pus court,
fousquèt ame la pus grando peno qu'arribèt al lun del joun.

Talèou deforo, flaquèt sus sas cambos, criden : « Mouri!
Mouri aro qu'èri urous! Mort, siès pas justo! »

Aital siem toutes.

# LOU MOULINIÈ CHRISTOPHO

L teņs dount parli, Christopho èro un bel juinome, soul, sans familło e sans estat; lous seous èrou morts abant d'abe pougut i en douna un.

Èro fort, biaissut saquela e trabaillaire; mès, faouto d'estat, s'emplouiabo a tout trabal e ount poudiè.

Mantsabo pas cado joun a s'assadoula, pla s'en manquabo, e, praco, èro fort caritable, dounan jusquos a sa darnieiro boucado de pa, quant besiè pus paoure qu'el.

Un joun que, lebat de boun mati, abiè pas troubat res a faire e que łou taleņ lou pounjabo, fouinèt dins sa pocho e y troubèt encaro, tout just, qualques soouses per croumpa un michou d'uno liouro, mès res mait.

Coumo sourtissiè d'aco del boulangè pourtaņ soun michou joust lou bras, un paoure i demando l'almoino, e Christopho coupo soun pa en dous e i en douno la mitat.

Qualques passes pus len, un aoutre malurous lou prègo encaro de i faire la caritat, diguen qu'abiè pas mantsat de binto-quatre ouros.

Christopho i respond :

— « Ei dounat la mitat de moun michou e ei pas ni soout, ni miaillo, mès partagen la mitat que me demoro. »

E aital faguèt.

Mès aqui que encaro, e paouc aprep, un tresième paoure se presento a 'n el, alounguen la ma.

Aiceste èro bièl, bièl e tout espeillat : la misèro en persouno.

Sans un mot, Christopho i ouffris lou darniè cartèl de soun michou e lous plours ais els, tant planjiè lou miserable.

Mès qu'uno surpreso ! Al mème moument, lou paoure se transfiguro e ben un bel ome de la pus poulido mino, al regard dous, pla bestit, e lou cap entournejat de raisses de glorio, que remercio Christopho e i dis :

— Couneissiè toun esprit de caritat, mès ei boulgut esprouba jusquos ount pouiriè ana. Ajun, m'as fach tres cops la cari-tat, e es a ieou que as dounat tout toun pa sans ne garda uno brico per tu. Soui lou Boundious, e, perque mourigues pas ja-mai de fam, te randi toun panot entiè que sera per tu lou pa de bido. Quant te troubaras sans cap de ressourço, tiraras aquel pa de tas biassos e la mendre brico que ne tastaras t'assadoulara. Toun pa sarrat, tournara entiè. Siès prou caritable per te priba de te serbi d'aquel pa per soulatsa lous paoures, mès lou des-proufetses pas. Te boli encaro douna uno aoutro recoumpenso, en attendent de te prene al Cèl. Demando-me ço que boudras e bo t'accourdarei, se te deou pas nose.

— Signour, moun Dious, respoundèt Christopho, soui joube, pla pourtant e preste a faire tout estat, mès n'ei pas cap. Boudriè n'aber un ame la forço per lou pla faire, de manieiro que lou pa de caritat me serbiguesso lou meus poussible e que, sans el, pousquessi lou pus soubent faire la caritat ais aoutres que sou dins lou besoun.

— Ta demando m'agrado e l'a t'accordi, Christopho. Seras, coumo toun patrou, que me pourtèt per trabersa lou ga de la ribieiro, l'ome lou pus fort de toun tens, apprendras un estat sans cap de costi e lou faras bale sans m'ouffensa et sans faire tort a digus. Aouras uno bèlo et noumbrouso famillo qu'ensegnaras a m'aima, ieou e toutes lous chrestiès. Anfi, t'atudaras de bieillun e te prendrei dins moun paradis, se as toujoun seguit ma le.

— Moun Dious, proumeti tout e tendrei paraoulo, respoundèt Christopho.

Alaro lou Boundious dispareguèt dins uno niboul claro, laissen l'aire embalmat a la plaço ount èro estat.

Christopho, rebengut de soun estounoment e sentiguen dins soun estoumac lou berp de la fam, tastèt al pa de bido e, a la prumieiro brico, fousquet rassasiat coumo aprep lou miliou repais; sa fisenço en Dious ne redoublèt.

Se fisen dins sa gracio e sapien pas ount ana demanda de trabal, anguèt drech dabant el, seguiguen lou cami que se presentabo.

Courreguèt tout lou joun sans trouba sus aquel cami amo que bibo, ni cap d'oustal. La neit arribabo, quant besquèt joust un mouli de ben, e proche lou cami, un barracou en postes dount se besiè un lum. Tustèt a la paouro cabano e i durbiguèrou.

Dins aquelo destretso demoro èrou un ome, uno fenno e sieis mainatses grands ou pichous. A la questiou que i faguèt l'ome per saber ço que demandabo, Christopho respoundèt :

— Soui en cerco de trabal, mès ei pas d'estat; e, desempiei lou mati que courri sans me paousa, siès lous prumies chrestiès que besi e lou prumiè oustal que trobi. Bous demandi, en gracio, se me pouiriès souloment apailla per aquesto neit.

— Besès, i respoundèt l'oste, que siem aissi boueit persounos fort a l'estrets e qu'abem pas souloumen de paillo per nous jaire e presque res a manja qu'un bricou de millas qu'es sul fioc; mès demourès joust nostre abric, bous dounarem part al millas e beirem apei.

Touto la drouillieiro agatsabou ame mesfisenço aquel noubèl bengut que liour beniè raousa la pourtiou, deja tant paouro e menudo.

Christopho, se soubenguen del pa de bido que pourtabo dins sas biassos, lou ne tirèt e lou moustren as mainatses lous coubidèt a ne manja. A la prumieiro boucado que tastèrou, toutes cridèrou : Qu'un pa tant bou! qu'un pa tant bou! mès, se trouben sadouls, ne boulguèrou pas mait e laissèrou de coustat liour part de millas.

Christopho sarrèt lou restant de soun michou dins sas biassos e manjèt de millas ame soun oste.

Quant lou magre repais fousquèt accabat, nostre bouiajur diguèt que bouliè pas geina digus e que s'anabo tourna mettre en routo a la recerco d'un jas endacon mait.

L'ome i diguèt que courreriè touto la neit sans trouba cap de lougis.

— Mès, s'adiguèt Christopho, ei bist un mouli de ben plantat sus un suquet aisi proche. Se m'ensegnabes souloment lou cami, y montariè e belèou lou mouliniè me reculliriè.

— Y countes pas. Aquel mouli es nostre, mès lou diables s'en es emparat e y poudiem pas demoura. Lou diables n'oun fasiè de toutos, esquioussabo las belos, desentaoulabo las molos e, per mouments, brandissiè lou mouli que menaçabo de toumba. La neit, brandissiè de cadenos e attudabo lous lums que ne poudiem pas garda cap d'allucat. Abem quittat lou mouli e ei fach lou barracou que besès per poude ana trabailla las qualquos terros de l'entour e ne desfricha qualquos aoutros per poude nouiri touto la famillo.

— Se me y boulès counduisi, diguèt Christopho, bous proumeti de cassa lou diables del mouli.

— Y pensas pas, paoure efan! Lou diables sera pus fort que bous et bous tuara.

— Sabès pas couci soui fort; en benguen e passen lou loung d'un bosc, ei boulgut ensaja de ma forço e, d'un cop de pun, ei jagut un garric.

Abem aici un famus gascou, s'apensèrou l'ome e la fenno. Praco, Christopho demanden absoulgudomen a ana dourmi al mouli, soun oste prenguèt uno lanterno e lou y menèt.

Un cop dintrat, Christopho barrèt la porto soulidomen, e, las, se jaguèt sul planchè ount s'endourmiguèt.

A miejo-neit, lou mouli tout entiè se brandiguèt coumo se tout se disparrabissabo, e las cadenos de rulla.

Christopho rebeillat se diguèt : Ane! aici lou Diables! de couraje e fisenço en Dious!

Prenguèt la lanterno d'uno ma e, de l'aoutro, sasiguèt l'alus que serbissié a leba las molos e attendèt. Lou Diables, pelut e cournut, fourco en ma, t'arribèt dabant Christopho e i demandèt :

— Qual sriès, tu que benes dins un endrets qu'ei fait meou?

— Soui un boun chrestiè que, ame la gracio de Dious, te beni coumbattre e te cassa d'aquel mouli que apparten a un paoure paire de famillo; lou mouliniè n'a besoun per bioure el e lous seous.

— Lou mouliniè es un damnat que panabo sas praticos ame un mesurou pus grand que de juste e que furgabo las molos entre dos maouduros. Dious permet que lou tourmenti dabanço en aqueste mounde.

— Beirem se Dious, dins sa bountat e a ma preguieiro, i fara pas gracio e se te cassara pas del mouli.

Lou Diables, de sa fourco, menacèt Christopho que, d'un cop d'alus la y emboucinèt e aplatiguèt lou Diables per la paret.

Aplatit, lou corps del Diables toumbèt pel sol coumo uno ouiro descouflado.

— Ei poun tuat lou Diables, se diguèt Christopho, en agatsen aquelo despouillo biocho. Mès, paouc a paouc, la pèl bourrudo se tournèt coufla e tout d'un cop, d'un saout d'Arlequin, lou Diables se troubèt sur pè e diguèt a Christopho :

— As cregut de m'abe tuat; mès saouras que per soun malhur, lou Diables pot pas mouri. Crei-me, bai-t'en al pus bite.

Sans se descouncerta, Christopho i saouto dessus e lou jai, un ginoul sul estoumac e lous brasses de cado ma.

Lou Diables souffrissiè de poude pas poulsa, mès se rendiè pas. Riguen al nas de Christopho i diguèt :

— Inoucent! as doublidat l'aigo segnado e m'aouras pas sans aco.

Christopho coumprenguèt que sa forço poudiè pas tout per abe rasou del Diables sans l'aduji de Dious e pensèt que se lou Diables abiè tant poou de l'aigo segnado aouriè atabe crento de la croux. I quittet un bras e fasquèt dounc lou sinne de la croux.

Alaro lou Diables flaquèt e demandèt gracio en proumeten de laissa lou mouli.

Christopho, se fisen pas a sa paraoulo, boulguèt que la proumesso fousquesso escricho.

Lou Diables y counsentiguèt, e coumo es toujoun pla aproubesit per faire lous pactes, tirèt de sa pocho un escritori e de pergame, e escriguèt la proumesso de quitta lou mouli e d'y tourna pas jamais pus. L'escrits fach, s'en anguèt en fum pudent ame grand tapage.

Desbarrassat del Diables, Christopho se tournèt coulca pel sol e dourmiguèt tranquille e d'un boun son junquos aprep soulel lebat.

Lou mouliniè, fort intriguat, s'èro lebat de boun mati, finten
toujoun. se l'estrangè descendiè del mouli; mès besiè pas beni
res e demourabo fort inquièt sus soun counte. La seou fenno
n'èro mait que malaouto, lou cresiè mort.

Praco, Christopho, pla derebeillat, sourtiguèt del mouli e,
fresc coumo uno roso, descendèt al barracou.

Coumencèt per douna qualquos bricos de soun pa de bido as
mainatses e, aquestes rassasiats, ne faguèt tasta a sous ostes que
cridèrou al miracle. Ne prenguèt sa part atabe e sarrèt lou res-
tant dins sas biassos.

Tiren l'escrits de sa pocho, lou moustrèt al mouliniè e a lla
moulinieiro. Aquestes, que sabioou pas legi, s'en rappourtèrou
a Christopho que liour fasquèt remarqua la griffo del Diables
sul pergame.

— Aro cal ana al mouli mettre tout en ordre e ieou bous adu-
jarei.

Christopho, enseignat, ajèt lèou fach de tourna plaça las
molos e d'entela las alos del mouli. Faguèt mait : mettèt uno
manibelo a l'ais e, sans que brico bentesso, d'uno ma fasiè mar-
cha lou mouli ame aoutant de facillitat que lous drolles n'oou
a faire bira un estrebel ou un tiro-birol.

Lou mouliniè e sa fenno, sans counta lous mainatses, pre-
guèrou Christopho de demoura ame eles e el counsentiguèt a
faire un apprentissage coumo farinèl, ame la counditiou d'abe
un mesurou tout noou e juste, dount el soul se serbiriè, per que
lou mouliniè tournesso pas toumba dins sous anciens pecats.

Lou pa de caritat serbiguèt dins lous prumiès tenses a entre-
tene la familllo e faguèt miracles. Drolles e drollos grandissioou
a bisto d'èl, fresques e jouiouses.

Las praticos tournèrou, se mainen fort pla que lou mesurou
de las maouduros èro de justo mesuro.

Christopho, dins soun esprit de caritat, demandabo pas res as paoures que pourtabou pas mait d'uno emino.

La forço del farinèl fasiè l'admiratiou de toutes. Pensas qu'un joun un paisant qu'arribabo ame un miol talomen carguat de sacos, poudiè pas mounta lou coustou del mouli; Christopho, alloc de lou faire descargua e mounta las sacos l'uno aprep l'aoutro, s'abaissèt, passèt uno espallo joust lou bentre de la bestio, la soullebèt ame sa cargo e mountèt sacos e miol al mouli.

En fi de l'an, lou mestre mouliniè, crenten que soun farinèl lou quittesso per ana en un aoutre mouli per gagna mait, i prepaousèt de i douna sa fillo ainado, fort jantio persouno, trabaillairo e fort satso. Christopho acceptèt et lou mariage se fasquèt.

Touto la famillo se placèt paouc a paouc e lou mestre, benguen bièl, laissèt lou mouli de ben a la fenno de Christopho, deja maire d'uno noumbrouso famillo. Sans estre riches, toutes bibioou pla de liour trabal, sans abe recours al pa de caritat toujoun dins las biassos.

Mès tout deou abe uno fi! Christopho, bengut mait que bièl, laissèt sous mainatses countugna soun estat, que n'èrou pla capables e s'attudèt sans souffrenços per ana debers Dious.

Per uno rasou que digus s'explicabo pas, demandèt que l'enterressou ame soun mesurou; ço que se faguèt.

Un cop dins l'aoutre mounde, Christopho s'en anguèt tout drech tusta a la porto del Cèl. Sant Peire l'entredurbiguèt e, besquen un mouliniè, la i tampèt sul nas, diguen qu'al Cèl y abiè pas plaço per lous mouliniès, toutes boulurs, qu'anguesso al purgatori.

Christopho, desapuntat, s'en ba al purgatori; mès aqui lous que èrou a la porto i diguèrou que baillè pas la peno de faire de purgatori per que, coumo mouliniè, mountariè pas jamai al Cèl.

Forço i fouguèt dounc d'ana a l'infèr, ço que y pourtabo prou peno, mès praco y anguèt.

Saoures que la porto de l'infèr es toujoun duberto per y dintra, mès per ne sourti es impoussible per que aquelo porto es faito coumo l'intrado de la baniege per attrapa lous peisses.

Christopho, pas pressat de dintra, metèt soulomen lou nas a la porto per beire ço que se passabo al dela; mès lou Diables, que se troubabo apraqui en aquel moument, besquèt Christopho e s'emprieissèt de crida : « Lou laisses pas dintra! Lou laissés pas dintral Seriem pas mait mestres aici! »

E lous diablous, que accoumpagnabou lou patrou de l'infèr, se mettèrou toutes en trabers de la porto.

Pas fachat, Christopho s'en tournèt, e aprep refletsious, s'en anguèt, pel segound cop, a la porto del Cèl. Sant Peire, toujoun mesfisent, tout coumo l'aoutre cop, entredurbiguèt soulomen l'uscio; mès Christopho ne proufitèt per laissa escapa lou mesurou que l'abiè pas quittat per lou faire passa per l'estrets passage e lou faire rebourdela per la carral del Cèl. Piei, faguèt l'estounat e preguèt Sant Peire de i laissa ana reprene soun espletso. Sant Peire, prou bounas, y counsentiguèt.

Christopho, talèou tene soun mesurou, lou birèt lou tioul en l'aire e y mountèt dessus des dous pès. A Sant Peire, que lou boliè cassa, respoundèt qu'èro aqui sus soun be e que pretendiè y demoura e que bo pouiriè faire toujoun per que abiè dins sas biassos lou pa de bido.

Se sap pas ço que Sant Peire aouriè fait, quant lou Boundious que sap tout, bei tout e entend tout, arribèt e, prenguen Christopho per la ma, lou faguèt descendre de sul mesurou, en diguen :

— Christopho, tres cops sus la terro m'as fait l'almoino e sies estat un mouliniè juste; toun mesurou bo probo. Bèni ame

ieou dins moun paradis, te sieta pèdo Sant Christopho, toun pa-
trou.

Lous sants ne rebeniou pas de bese un mouliniè ame eles; mès
besquèrou lèou qu'èro tant blanc didins que deforo.

Tout aco fa que, desempiei, y a un mouliniè al Cèl e belèou
d'aoutres.

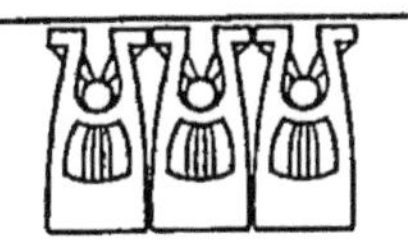

# LOU COUNTE DE PICORNO

 a d'annados per centenados, saouriè pas dire quantos, que lous Angleses benguts en Franço, attirats per uno missanto reino, s'èrou emparats des pus forts castels e arouinabou lou païs .

Lou rei, trop lèn de nous aoutres, se poudiè a peno appara d'eles e nous laissabo sans secours. Lous grands signours del besinage, Armagnols e Fouissans, se disioou mandats per nous defendre, mès passabou liour tens a se battre entre eles quant, per miliou nous arouina, s'entendioou pas ame lous Angleses.

Praco benguèt un tens d'esperenço, e paouc a paouc lous Angleses, cassats de pertout, birèrou l'esquino e s'en tournèrou dount èrou benguts.

Mès Armagnols e Fouissans se troubabou trop pla dins lou païs per lou quitta d'amblado e lountens demourèrou encaro a impaousa liour pouder sus las campagnos e a rançouna lous paoures paisans; ço que durèt d'annados.

Eles partits a la fi, semblabo que seriem en pats, mès abiem countat sans lous brigands de toutes lous partits e de toutos las armados, bigoulans que, retirats dins las fourestes ount s'attroupelabou, ne sourtissioou per pilla e brulla las bordos, prene lou bestial, raouba lous bouyajurs e fa peri las recoltos sul pè.

Entre Albi e Requista y abiè, debès Balenço, uno fourèst de las pus grandos, e ço que ne demoro countariè pas que per un bousquet. Es a peno se de lèn en lèn s'y troubabo qualquos clairieros cultibados e qualques mases sus rocs.

Dins uno d'aquelos raros clairieiros y abiè une gleisotto, Sant-Peire de Ligots, e, protche, un pitchou castèl dount se sap pas mait lou noum.

Lou signour d'aquel pitchou castèl, mort desempei paouc de tens, èro estat un balent ome que, del tens de las guerros, abiè tengut bou countro toutes lous enemics amc soun mounde. Laissabo un fil joube e fort banitous, pus fièr qu'Artaban, e que se disiè pus pouderous dins sa signouriè que lou rei dins lou rouialme. Praco, sas terros dounabou mait de legno et de brugos que de sigal e n'èro pas ritche.

En deforo de las terros del castèl, abiè uno bordo rouinado que fasiè mena per un de sous serbitous del noum de Picorno, aoutroment dits Peirot, del noum de soun patrou sant Peire.

Picorno, maridat e paire de quatre bels juinomes e de dos fillos, èro un boun ome, religious e trabaillaire; attabe abiè remes sus un prou boun pè la bordo que lou signour i abiè dounado a mena.

Un joun de malhur, lous bigoulans arribèrou en troupo per s'empara del castel, mès y reussièrou pas, e s'en prenguèrou a las recoltos prestos a missouna e pillèrou la bordo que Picorno e toutes lous seous abioou laissado per ana defendre lou castèl.

La recolto perdudo, la fegnal e lou paillè brullats, sans gro per bioure e sans fe per nouiri lou parel de baccos e la maouro e sous poussels, soul bestial salbat a l'abric del castèl, Picorno e sa famillo mourissioou de fam, e lou signour poudiè pas lous secouri tan mal plantat qu'èro de soun coustat.

A caouso des roudaires bigoulans, se poudiè pas sourti lèn las baccos, mès toutes lous omes de la bordo ensemble èro encaro poussible d'ana amassa d'aglan per la maouro. Picorno, mort presque de fam, decidèt de tua uno de las baccos per la manja e, aquello manjado, tuèt l'aoutro, ço que durèt un tens.

Et piei? Faguèt un paquet de las dos pèls de sas baccos e, sus l'esquino, las pourtèt Albi per las bendre e ame l'argent croumpa grano ou pa.

A la bilo, lou paoure Picorno ajèt bèl courre pertout e treppa dins las calquieiros, troubèt pas merchant per sas pèls. A caouso que lou pais n'èro pas sigur, la rusco de garric manquabo as tanaires e èro a peno se, ame lou roudo cullit sus las igos de Castelnoou, de Malcabrieiro e de la Dretcho, abiou pougut tanna qualquos pèls de bedèl.

Picorno fort mouquet, mès sans perdre couraje, tournèt cargua sas pèls sus l'esquino e tirèt debès Sant-Peire-de-Ligots. Fousquèt fort tardiè dins lous camis de la fourèst, que abiè peno a siègre, e la neit èro sans luno; entendèt un brutels d'omes que disputabou e semblabou beni de soun coustat. En aquel moument se troubabou a 'n uno crousieiro de carrals, sans sabe de qu'un coustat bira, quant besquèt la troupo drech beni dabant el.

En abant, un des omes pourtabo un fanal a cimo d'un bastou e lous aoutres siguissioou aquel lum.

A la crousieiro ount se troubabo Picorno, y abiè un gros garric dount la fourco èro pas trop naouto e Picorno y mountèt al pus bite tiren a 'n el soun paquet de pèls per laissa passa la troupo; mès countabo sans soun oste. Lou porto-fanal s'arrestèt en aquel endretch, paousèt sa lanterno, dous aoutres paousèrou al coustat uno mesuro pleno de peços d'argent e un quatrième paousèt atabe un capèl dount lou coup èro ple de peços d'or. Toutes lous aoutres s'assiètèrou a l'entour e parlèrou de faire lou partage.

Curious e per miliou bese, Picorno abancèt un bricou lou cap, lempèt e laissèt escapa lou paquet de las pèls. Aquestos, en toumben, s'espandiguèrou e curbiguèrou lou fanal, la mesuro e lou capèl, sans counta Picorno pel dessus.

Lous bigoulans, que n'èro uno troupo, espaourits, s'escampèrou de toutes coustats e s'en anguèrou al rulle.

Picorno, demourat soul, quant entendèt pas mait de bruts, cerquèt a palpos joust las pèls e tirèt la mesuro e lou capèl. Ame de ramèls de feillos e d'erbo se faguèt un cabessal e carguèt la mesuro sul cap e lou capèl sus brasses. Laissèt las pels e, siguiguen mait que mait lous biols ou carrieirous, arribèt a la bordo un bricou abant lou joun.

Derebeillèt sa fenno, la Marianno, que aluquèt un miserou, e, curiouso, boulguèt counta l'argent e l'or espandits sus la taoulo de la cousino; Picorno, noun mens curious, se countentabo de la bese faire. Ni l'un ni l'aoutre se mainabou pas que, en aquel moument, un ome que passabo abiè bist lou lum e entendut tinda lous escuts e, l'èl a la clabieiro de la porto, fintabo de per aquel traouc ço que se passabo.

Aquel ome èro un grand gabatch, negre e barbut, que, del tens de la guerro, èro descendut de las mountagnos del Rouergue per cerca fourtuno en ouffriguen sous serbices al partit que mait i proumetriè.

Dins un des darniès affas, fousquèt blassat e abandounat des seous. Patrico, patraco, arribèt daban lou castèl besi de Sant-Peire-de-Ligots, preguen que lou reculiguessou. Sapièt ta pla dire e tant se banta, se diguen noble e de grando famillo, que lou jouine signour lou faguèt souegna e griguèt. Alaro demandèt al signour de demoura qualque tens a soun serbici coumo escudiè e per ajuda a defendre lou castèl se èro encaro attaquat.

Lou signour qu'abiè pas que dous omes, Blancou e Roussèl, a soun serbici, e fièr d'abe un escudiè, lou gardèt. La lenguo pla penjado, sabiè pla dire e pla counta, ço que agradèt a la damo que ne badabo de l'entendre.

Picorno troubabo la fisenço de soun signour mal plaçado, e Barbonegro — aital l'appelabou las gens del castèl — ame soun regard en dejoust e soun aire de tout boule sabe, y rebeniè pas e s'en mesfisabo, mès pas prou.

Aprèp abe prou reluquat ço que poudiè besc, Barbonegro quittèt l'èl de la clabieiro e anguèt tout empriessat counta al signour ço que beniè de bese a la bordo.

Lou signour, estounat e surpres de sabe soun bourdiè tant ritche, lou faguèt beni per demanda dount abiè tirat aquelo fourtuno.

Picorno i respoundèt que abiè escambiat las pèls de soun parel de baccos per aquel argent en anguen a la bilo.

Sans mait refletchi, lou signour, que abiè dous parels de bious, lous fasquèt sanna al pus bite e enbouièt Blancou e Roussèl pourta las pèls a la bilo, ame recoumandatiou de las laissa pas a mens d'uno mesuro d'argent e d'un coup de capèl d'or per cado parel.

Lous dous serbitous troubèrou pas ni soout ni miaillo de las pèls que tournèrou pourta al signour. Aqueste, pus mourgue qu'un tessou qu'a escampat soun beoure, se mettèt dins uno grando coulèro, faguèt beni Picorno per i douna l'esplicatiou d'aquel affa e i sasiguèt d'abord soun tresor.

Picorno se deffendèt d'abe boulgut engana soun signour, i countèt tout pel menut e s'escusèt de n'abe pas mait ditch que soun mestre i abiè demandat.

Lou signour boulguèt pas entendre res e pretendèt que l'argent, troubat abandounat dins la fourèst, i apparteniè e que Picorno, en lou i panan, èro coupable de traitiso e meritabo d'esse tuat; pretenden que sa signouriè counpourtabo la justiço naouto tan pla que basso, lou coundamnabo a mort.

Picorno i respoundèt que èro pla lou mestre de lou faire mouri, mès que se aital fasiè, agissiè countro sous interesses; que la bordo demourariè sans bourdiè e seriè lèou en bousigo, que sous mainatges se sabiou pas encaro coumanda pes trabals a faire, encaro que balents.

—. Ebe! i diguèt lou signour, coumo me cal uno benjenço, caousis de tu ou de ta fenno, que countabo l'argent per lou garda.

— Dins bostre interest, respoundèt Picorno, la larmo a l'èl, bal mait que ièou demore que ma paouro fenno.. L'ainado fara prou pla la soupo e ièou coumandarei mous effans.

— Bai me serca ta Marianno, sul cop, per ne fini, diguèt lou signour.

Picorno, afflitchat e l'aourcillo basso, partiguèt serca sa fenno e dins un moument tournèt, la porten dins uno saco sus las espallos. La paouro malurouso raougnabo e se plangiè sans que ço que disiè se coumprenguesso.

La saco paousado per terro, Picorno demandèt de tua el mèmo sa fenno per la faire pas tant souffri, ço que lou signour i accourdèt.

Picorno, un pal ferrat dins las mas e sans durbi la saco, tuèt d'un cop la fenno que ne poulsèt pas uno et sannèt à tout alaca. I fousquèt accourdat de la prene per la pourta en terro santo, ço que s'emprieissèt de faire.

Lou signour, la coulèro passado, èro be un paouc fatchat d'abe fait tua uno paouro fenno, mès la fièretat de poude moustra qu'èro mestre de tout faire dins sa signouriè fasiè que n'abiè pas trop de peno.

Soun escudiè Barbonegro, pus mesfisent e que sabiè Picorno fi coumo l'ambre, s'en anguèt, lou ser, a la neit, tourna finta a la clabieiro de la bordo e te besquèt la Picournesso e sa fillo que fasioou mazèl. Coumprenguèt que Picorno, al loc de sa Marianno, abiè pourtat la maouro dins la saco e l'abiè sannado, ço que manquèt pas d'ana, al pus bite, counta al signour.

Quant sapièt aquelo enganariè, lou signour toumbèt dins uno coulèro folo e se faguèt mena Picorno. Talèou lou bese, i diguèt que l'enganariè pas un tresième cop e que l'anabo faire penja.

La damo del castèl, pus piètadouso ou pus paourugo, demandèt be que lou tuessou pas, mès lou signour l'escoutèt pas.

L'escudiè Barbonegro i accouseillèt de lou faire mena a Tarn per Blancou e per Roussèl, que lou negarioou sans jujoment. Lou signour bo boulguèt pla e coumo èro neit, Picorno, liat e mes dins un sac, fousquèt descendut dins uno prisou de la cabo juntros al lendema.

Lous ordres dounats de grand mati, lou signour boulguèt bese de sous èls Picorno partit, e aban de lou laissa prene i faguèt encaro de reprochis de l'abe enganat e raoubat, e i demandèt ço que abiè pensat dins la neit.

Picorno i respoundèt que la neit s'èro prou pla passado e que, en soumien, abiè bist sant Peire, soun patrou, al qual èro estat aboudat a sa naissanço, que i abiè ditch que, se mourissiè, el i durbiriè la porto del paradis d'amblado, mès que lou que seriè caouso de sa mort ne respoundriè daban Dious en mens de binto-quatro ouros.

Furious encaro mait, lou signour i diguèt : « Bai m'attendrel » e lou faguèt parti al pus bitc, menat per Blancou e per Roussèl.

Barbonegro, que troubabo l'oucasiou bouno per sa traitiso, dounèt ordre as fils de Picorno d'ana faire de legno dins un quartiè de la fourest prou lèn, de manieiro que, dins lou castèl e la bordo, i demouresso pas que lou signour e el.

Picorno preguèt sous camarados de lou nega de sul pount d'Albi, per mens souffri, e i arribèrou prou de boun ouro. Aqui, Picorno liour faguèt uno aoutro demando :

— « Me soui pas coufessat e sans la gracio de Dious, belèou seriè damnat. Fasès-me lou plase d'ana a Santo-Ceseillo demanda per yèou al gran bicari la gracio de Dious que rafudo pas.

Lous brabes efans i boulguèrou pas rafuda aquel darniè serbici; lou paousèrou ensacat sus uno anto del pount e s'en anguèrou debès Santo-Ceseillo.

Eles partits, un carretiè benguèt a passa e, coumo entendiè canta dins uno saco, descendèt de sul carri e demandèt a Picorno coussi èro dins uno saco e per que cantabo tant.

Picorno i respoundèt :

— Soui aital per penitenço. Me soui gardat un bricou d'argent raoubat del tens de la guerro dins lous castels e dins las gleisos. La gracio de Dious me ba estre accourdado, que la me sou anats cerca a Santo-Ceseillo e, un cop arribado, pouirei garda l'argent sans pecat.

— Dious me damne ! diguèt lou carretiè, ièou aouriè pla mait besoun que bous d'aquelo gracio, que meni uno carreto pleno de biando e d'argent raoubat e que ei toujoun poou que m'arrestou e que me penjou. S'ères un brabe ome, me laissariès prene bostro plaço e la tournariès prene aprep ieou. Bous recoumpensariè pla d'aquel retard que ieou ei mait de prieisso.

5

— Aco se pot pla fa, per bous oubligea entre malhurouses.

E lou carretiè, aprep l'abe sourtit de la saco, y dintrèt e Picorno lou y claouset en i recoummanden de canta. Mountèt apei sul la carreto e fouettèt lou chabal e partiguèt debès Sant-Peire.

Blancou e Roussèl arribèrou ame la gracio de Dious accourdado e besquen que Picorno cantabo toujoun e paressiè content, mountèrou la saco e la fasquèrou cabussa dins Tarn al grand courent d'uno arco.

Picorno menèt roundoment la carreto e arribèt a la bordo encaro prou lèou e remesèt al pus bite la carreto joust la couberto e l' chabal a l'estable.

Marianno, que sabiè pas res de ço que s'èro passat, fousquèt estounado de bese arriba soun ome ame uno carreto e i demandèt dount beniè e que pourtabo.

— Beni d'Albi ount lou signour m'a enbouiat; mès sabi pas ço que porti; bos anan bese.

Picorno e sa fenno agajèrou dins la carreto e del prumiè cop d'èl la besquèrou ramplido de mobles, de linge, d'estoffos, d'arcos e d'arneses de guerro.

D'al tens qu'examinabou ço que besiou, la pus joube de las fillos de Picorno, que la damo del castèl gardabo ame elo per la serbi, arribèt en plouren, diguen que lous bigoulans èrou dins lou castèl e qu'elo s'èro escapado pel pourtanel de darrè lou pourpris.

D'un aoutre coustat, lous quatre fils de Picorno arribabou de la fourèst.

Picorno, sans perdre un moument, prenguèt e faguèt prene a sous fils d'armos de dins lou carri e anabou parti al secours del signour, quant Blancou e Roussèl arribèrou ame de bastous rascats en asempraires per announça a la Marianno la mort de soun ome.

Ajèrou pas lese de drubi la bouco, que Picorno liour mettèt dins las mas arquebutos, pals ferrats e pougnals en liour diguen de lou segui que lous bigoulans èrou al castèl.

La porto del castèl èro alandado quant lous defensous arribèrou.

Sul peyrou, dous bigoulans, bandats coumo de gribos, èrou jaguts sans poude souloment leba lou cap.

Liour counte souguèt lèou reglat; un cop de pal ferrat a cadun faguèt l'affa, sans que ne poulsessou uno.

En dintren dins lou bastimen del castèl, Picorno e lous aoutres entendèrou de bruts dins la cabo e i descendèrou. Aqui troubèrou lous bigoulans toutes embriecs que se disputabou. Abioou defounsat uno pipo de bi e ame escudèlos e cassos abioou tant pousat e tant begut que pas un ne se teniè sus las cambos.

Pals ferrats e pougnals tournèrou joua e lous malhurouses ajèrou pas lou tens ni la forço de crida ni de se planje.

Picorno mountèt descaous e, lou prumiè, arribèt a la crambo del signour. Entenden parla, d'un sinne de la ma arrestèt lous camarados e aousièt Barbonegro que disiè al signour, jagut e liat coumo la damo, ame las juillos des bioous :

— M'appelats traite e bous troumpas pas; mès cadun soun estat; lou meou es de prene lou be des aoutres e lou bostre es de defendre ço que tenès. Lous signours sou nostres enemics a ieou e a moun fraire que bezès e qu'es lou cabeciè des bigoulans. Coumo bous ei prestat fe, bous boli pas fa lou mendre mal. Nous aoutres partits, bous arrengares coumo pouires ame nostres omes, que bous couseillam de mainajeja. Madame fara pla d'estre aimablo ame eles. Coumo siem prieissats de descampa e qu'ei pas de chabal, m'escusares de manleba lou bostre. Picorno, a l'ouro qu'es, deou estre negat; sous fils sou a la fourèst ount lous ei enbouiats e Blancou e Roussèl sou pes camis. L'ainado de Picorno m'agrado pla, encaro que m'aje toujoun fatch mourre negre, e la boli prene ame yèou per me servi. Coumo la cabalo de madamo m'accoumoudara, la bous manlebi atabe. Bous rendrei aquel chabal, se podi, un joun ou l'aoutre. Coumprendres que podi pas mena dins moun païs uno fiançado sans lioureio, e counti que madamo sera prou aimablo per me presta la claou de l'arco ount sarro lous jouiets e sas poulidos raoubos; aquelo claou que couneissi pla la besi penjado a la cinto de madamo. Coumo de juste, l'argent e l'or preses per Picorno as bigoulans es nostro prouprietat e lous bous poudem pas laissa. Mesuro e capel sou aqui; nous prestares be de biassos per mettre aquelo fourtuno que penjarem al col des chabals. Lous amics oou tant begut que debou abe besoun de dourmi; per que lous derengues pas, bous laissarem estacats. Quant se derebeillaroou serem lèn del païs.

Ane! la claou!

En aquel moument, Picorno e l'ainat de sous fils toumbèrou sur Barbonegro e dous aoutres sul cabeciè, sou fraire.

Lou signour fouguèt lèou deliat, adujèt a delia la damo e lous mèmes ligots serbiguèrou a estaca e a lia subitoment lou traite e sou fraire.

Alaro Picorno abertiguèt soun signour que abiè pas res a crenta des aoutres bigoulans, que toutes èrou morts, uno doutzeno, pas mens, e ajustèt :

— « Besès, notre signour, que sant Peire m'a pas abandounat ni bous tapaouc, e que lou que bous poussabo a me fa mouri rendra counte a Dious de sa missantiso, se, coumo bo pensi, rendes justicio que lour es degudo a 'n aquestes dous bigoulans encaro en bido. »

— Doutse morts! Moun Dious! que n'anan fa?

— Souguès tranquille, nostre signour. Sou toutes, exceptat dous, que jaoupou a la cabo dins lou sang e dins lou bi, e lous dous aoutres sou deforo que gardou encaro la porto del castèl, encaro que morts; ta pla que se d'aoutres abioou embetso de dintra, res que de bese aqueles gardiens morts, lour laissariè pas mait l'embetso de dintra. Toutes aqueles morts, lous estacarem per las cambos e lous trigoussarem al gran baladas de la Fountasso, que aro es a sec, e per lous curbi, farem rebourdela de terro de pel trabers. Dins un parel d'ouros aquo sera fait abant lou leba de la luno.

— E d'aquestes dous?

— Coumo signour, sиès pla mestre de lous puni e de lour faire paga traitiso e missantiso. Lour jujoment se pot pla remettre a dema e, en attendent, ieou, s'èri mestre, lous descendriè a la cabo ount m'abioou fach mettre e lous estacariè as tindous de la pipo del bi que lous morts oou begudo.

— Picorno, sиès un ome de boun coussel, e sera fach coumo dises.

Lous morts fousquèrou enterrats dins lou grand baladas ount y abiè sus bords uno doutseno d'aoubars descabeçats per mounta la gardio.

Barbonegro e lou cabeciè des bigoulans fousquèrou penjats, a l'albo, a las brancos d'un grand oump qu'èro estat plantat sul couderc daban lou castèl. Aqui lous gorps lous echiquetèrou, liour laissen pas que lоus osses.

Lou signour, aprèp tout aquèl rambal, faguèt beni Picorno, sa fenno e sous mainajes e lour diguèt :

— Aro, couneissi pla lous amics des enemics; es jusfé que bous recoumpensi.

Picorno, tournaras prene l'argent e l'or; mès aquo es pas prou e te boli libera tu e lous teous; mès coumo aourei souben besoun de tous coussels e de tous serbicis, que besi pla qu'as mait d'eime e d'esperienço que yeou, te dounarei un bel tros de fourèst que desfricharas e que laissaras en touto prouprietat e en fièou a ta famillo.

— Moun signour, respoundèt Picorno, bous remerci de tant de bountat per yeou e pes meous. Se boulès me laissa bous parla en franquiso e bous dire ço que pensi, belèou pouiriès trouba que mous coussels podou abe quicon de bou.

— Parlo, Picorno, parlo sans crento, sieis pas mait moun serbi, sieis libre, bo juri!

— Ebe, moussu, cresi que cal pas doublida sant Peire e que i debem pla la deimo. Tout ço que ei troubat en dous cops, me ben d'el, e me cal bous dire que ei menat d'Albi uno carreto pleno de touto biando amai d'argent que ei pas ajut lou tens de bese ni de counta. Per satisfaire sant Peire, prendrem tout ço que caldra per tourna leba la gleiso que toumbo en rouinos. Las murailles s'en boou e lour cal de countroforts per las sousta; las laousos oou lempat, lous cabirous pinjorlou e las trabetos sou pouiridos. La porto es desanado, dereillado e lous gafous a mitat trajes: a las crousieiros demoro pas un tros de beire; anfin, lou paoure sant Peire es be deliat, mès l'anjo es sans brasses, desempiei que lous Angleses pillèrou gleiso e caminado.

La caminado, desempiei lountens sans ritou, es duberto a toutes lous bens.

Nous caldriè faire tout repara, e aco fait, del moument que ères moun signour e mestre quant ei ramassat escuts e biando, tout ço que demourara bous apparten.

— Es pla dich, Picorno, mès ieou, se aco te fa plase, acceptarei la mitat soulomen de ço que me bos laissa.

— Moun signour, nous aous abèm pas besoun de belous ni de drap, ni de sedo, laissas-nous ame la marrego e lou courdelat e prenès per madamo e per bous tout ço que bous agradara.

— Picorno, ça diguèt la damo, siès trop generous! Lous bigoulans me boulioou prene lioureio et jouiets; ieou ne boli faire cadèou a las teous fillos. Sabi que Blancou a embetso de te demanda l'ainado e Roussèl la catetto; aco sera moun cadèou de mariage e la berquieiro que liour faou.

Tout anguèt pel miliou; Picorno desfrichèt un bel tros de la fourèts, sas fillos se maridèrou coumo èro dich, sous fils s'establiguèrou e la famillo grandiguèt.

Mès en aqueste mounde tout a uno fi!

Abouei, digus sap pas mait ount èro lou castel ni la maisou de Picorno; la gleiso de Sant-Peire es soulo a la mèmo plaço.

Lou noum del signour nous es pas counegut e de Picornos ne y en a pas maites.

Praco, lou Picorno d'alaro laissèt uno reputatiou d'abiletat dount se parlo encaro e que lou fasquèt passa per sourciè.

Quant on demando coussel sur un affaire difficile a 'n un paisant, se sap pas qu'uno ne dire, bous respound :

— Podi pas res dire, ei pas croumpat lous founds de Picorno; soui pas sourciè!

Es bertat que y en a que disou « Pinjorlo », mès s'agis pla, de sigur, de nostre Picorno.

# LAS REBEILLADUROS DE TONI

EANNO-MARIO de las Brugos, beouso d'un ritche pages, abiè un fil, bel juinome, que, per noum ou per escais, bo saouriè pas dire, s'appelabo Toni.

Aquel efan attrapèt, quand èro joubenot, un cop de soulel que i adouciguèt un bricou la cerbèlo e lou laissèt un paouc inoucent; ço que countrariabo belcop sa maire, coumo pensas.

Anas juja de sa simplicitat per ço que bous boou counta.

— Toni, i diguèt un joun sa maire, soui pas pla e lou medeci m'a couseillat de faire de tisano ame de poumos de raineto. Bai me aco de Peyrot i en demanda qualquos unos per ieou; sabi que n'a de poulidos e las me rafudara pas.

Oubeissent, Toni partiguèt al galop, i dounerou las poumos e tournèt bite.

En dintren dins l'oustal, y troubèt forço drolles e drollos del bisinage benguts bese sa maire. Dabant eles paousèt las poumos sul dressadou del baisseillè dount aquello marmaillo las sapièt bite descendre sans ne laissa uno.

Toni demourèt fort estoumagat d'aquel affa; mès sa maire lou counsoulèt en i diguen qu'anabo miliou e que se passariè de tisano. I dounèt lou coussel, per un aoutre cop, se y abiè de drolles dins l'oustal, d'amaga ço que pourtariè dins lou paillè aban de dintra.

« Bo farei », respoundèt Toni.

Pas pus tard que lou lendema, sa maire lou mando i cerca de gullios per i petassa las caoussos.

Toni, proumptoment oubeissent, partis coumo un beletz faire la coumissiou; mès, per precaoutiou, e aban de dintra, anguèt amaga las gullios dins lou paillè.

— Maire, soui tournat!

— E las gullios?

— Las ei amagados dins lou paillè.

Cerco que cercaras, las gullios se troubèrou pas!

— Nigaut! per amaga tas gullios y abiè pas qu'a las espilla al rebers de la besto pèdo la boutounieiro.

— Un aoutre cop bo farei.

Paouc aprep, la maire l'enbouièt aco del fabre de Carlus (aquel qu'aluco sa fargo quand es neit) per i cerca un bigos dount elo abiè besoun per foire la bigno.

Lou fabre baillèt a Toni lou bigos caoussat a noou e azuguat Aiceste lou prend e planto uno pugo de l'outis dins la boutounieiro de sa besto, e dingo, dango, tout lou loung del cami.

La besto s'esquioussèt!

— Jesus Maria! qu'uno bestiso as fatcho, paoure efan!

Uno espletcho se porto sul col.

— Bo sabiè pas, mès un aoutre cop bo farei.

Jeanno-Mario l'enboio un aoutre joun i cerca un tessou qu'abiè croumpat e que bouliè engraissa.

Toni, se soubenguen del bigos, te met lou tessou sul col. La bestio que auriè mai aimat courre, couïnet d'abord e apei lou mourdiguèt talomen al bisatge que i descouffet lou nas.

Sa maire, desoulado de lou bese arriba dibisageat, i diguèt :

— Un poucèl se porto pas coumo un bigos. On l'estaco ame uno courdello per uno cambo e on lou tiro ou on lou pousso per lou faire courre.

— Bo sabiè pas, ma maire, mais un aoutre cop bo farei.

Lou porc engraissat, Jeanno-Mario boulguèt faire soun mazel. Un pairol counbenable i mancabo per acco fa e enbouièt Toni dins un aoutre mas ne cerca un aco de sous parents.

Toni s'emprieisso de l'estaca per la querbo ame uno courdello e lou te trigosso aital tout lou loung del cami demest las roudals et las peiros.

Quant arribèt a l'oustal, lou pairol èro cloutat de pertout e abiè lou tioul traoucat.

Aprep aquel affa Jeanno-Mario coumprenguèt que se poudiè pas mait douna de coumissious a faire a soun Toni.

Se diguèt : « Que debendra mon paoure fil un cop ieou morto? » et pensèt a lou marida.

Mès qu'uno seriè la fillo que lou bouldriè? Qu'uno seriè la que i agradariè?

Per sourti d'embarras diguèt a Toni :

— Moun efan, te cal marida e per aco fa te cal ana dimentche soul portche de la gleio, a la sourtido de la messo e, aqui, quant las fillos passarou, jittaras un cop d'èl sus caduno e me diras la que mait t'agrado. Yeou la demandarei nobio per tu.

— Ma maire, bo farei.

Toni se dis : per jitta un cop d'èl a cado fillo, m'en caldra forço. Ount lous trouba? Y sioil et, garo garo, s'en ba a l'estaple des moutous e aqui, sans caousi, te derrabo lous èls a fedos, agnels e moutous que pousquèt attrapa.

Ame aquelo proubendo s'en ba soul portche attendre la sourtido de las fillos.

Sans ne manqua uno e sans crento, a caduno jitto un èl, lour aourouesen coffos e dabantals.

Espaouridos e sans i res coumprene las fillos s'escampèrou al pus bite de toutes lous coustats.

Toni, fièr coumo Artaban, anguèt de soun coustat counta a sa maire ço que beniè de faire, mès sans poudè dire qu'uno èro la fillo que i agradabo.

Countrido de ço que beniè de se passa, Jeanno-Mario pensèt que, se bouliè marida soun Toni, èro a 'n elo d'i caousi sa nobio.

Dins lou bisinatche, a la borio del Bourtigas, y abiè uno pastro, Miounello, paouro fillo espitallieiro, poulidoto e pla degourdido, que, se trouben sans famillo e sans aber, demandariè beleou pas milliou que d'espousa Toni per beni pajeso.

Jeanno-Mario i faguèt la proupousitiou e ajustèt qu'elo i fariè la berquieiro e que l'aimariè coumo sa fillo.

Miounello se laissèt tenta per uno tant bello proumesso e counsentiguèt a fringa ame Toni.

Aprep toutos las recoummandatious poussiblos, Toni, abillat tout de noou e lusent coumo un pairol de noubèl escurat, partiguèt pel la borio del Bourtigas bese sa nobio; mès al mounent que y arribabo, lou bourdiè beniè de mouri e tout lou mounde plourabo.

Toni, sapien pas que debeni ni que fa, s'en tournèt al pus bite. Countèt a sa maire ço que n'èro e abouèt qu'abiè pas sapiut ço que debiè faire.

— Moun efan, te calliè jitta d'aigo segnado sul mort e, aginouillat, prega Dious per el. Coumo bos as pas fait, diroou de tu que siès uno bestio.

— Maire, un aoutre cop bo farei.

Decidado d'abandouna pas la partido, Jeanno-Mario, un paouc pus tard, tournèt enbouya Toni al Bourtigas.

Quand Toni i arribèt, encaro un mort; mès aqueste cop èro pas un ome, èro lou porc que benioou de sanna e que jasioou dins la cournudo per lou rasa.

Toni s'emprieisso de se mettre a ginouls, de dire de paters e de douna d'aigo caoudo sul la bestio ame un ramel de bouis cullit pèdo l'poutz.

Pensas se toutes riguèrou e se se truffèrou del paoure inoucent qu'ajèt res de pus pressat que de s'en tourna dount beniè sans abe soulomen dich un mot a sa nobio.

— Moun paoure Toni, faras pas jamai que de bostisos, i diguèt sa maire, quand el i ajet countat ço que s'èro passat. Quant on arribo dins un oustal ount tout lou mounde trabaillo, on s'affano, aprep abe saludat, d'ouffri d'aduja e on se met al trabal ame lous aoutres. Aital on es pla bengut.

— Pel sigur qu'un aoutre cop bo farei, ma maire.

Un tresième cop Toni se decidèt a tourna debès sa nobio.

Quant la demandèt a la borio, i respoundèrou que la pastro èro apraqui pel tour de la bastenso.

Toni, per la trouba, tournejo l'oustal e, del coustat del ben pletz, ount i a pas ussio ni fenestros, te bei la Miounello aclatado. Debinas per que faire? Per segui lou coussel de sa maire, Toni i court dessus en diguen : « Te boou aduja! Te boou aduja! e, sans pensa a mal, la cabiro touto espalafraillado demes lous ourtits e las roumès.

La fillo se metèt a crida de toutes sous palmous, e bouriès, omes e fennos, arribèrou, lous omes ame las fourcos, las fennos ame de flatchels, e toutes se metèrou a douna la casso al paoure inoucent que partiguèt, s'en anguen al rulle, attrapen de tens en tens qualque cop de batillo sul l'esquino e qualque pounjal de fourco pus bas.

Espaourit e sannous, besto e caoussos frippados, benguèt toumba as pès de sa maire en plouren. N'aguèt uno jaounisso que lou manquèt tua.

La Miounello, per tant pietadouso que fousquesso, boulguèt

pas mai entendre parla d'el e aimèt mai demoura pastro que beni pajeso ame un tal inoucent per ome.

La malurouso maire, deja malaouto, s'en relebèt pas, e Toni demourèt soul sans sabe se coummanda e escoutan tout lou mounde.

Lous cousis, lous parents l'amistounèrou per lou despouilla, i faguèrou d'emprounts que jamai nou rendèrou, i faguèrou bendre ou douna ço que abiè, e, finaloment, l'espital lou reculiguèt.

Dins lou tens, quant lous fats èrou a l'espital, on poudiè bese Toni a 'n uno grando fenestro del prumiè, sul cami de Mirbillos, que agajabo passa lou mounde. Las labairos i cridabou : « Toni! que fas aqui!... » e el de respoundre : « Faou pas res, « soui aissi ame d'aoutres que sou pus bestios que ieou, ço « qu'es pas paouc dire. »

Desempei, quant un juinome es un paouc nèci, disou qu'es *Toni!* Aqui l'eritaje que laissèt lou paoure efan!

## LOU GROULIÈ E LOU MORT

Mous amics, ço que l'ouncle Jean Peire abouei bous ba counta es pas noou, que se passabo i a protche de cent ans. Es bous dire que el y èro pas.

En aquel tens, y abiè dins la billo d'Albi un ancien oubriè courdouniè, noummat Sutori, courdouniè de paire en fil desempiei sabi pas quantos de generatious, que dins sa prumieiro juinesso abiè fait lou tour de Franço en coumpagnou e abiè pas troubat sul seou cami de pus abile qu'el dins sa partido.

Malurousoment abiè dins sous bouiatges pres la missanto abitudo de trinqua trop soubent ame sous coumpagnous e èro bengut ibrougno coumo pas un. Praco, tournat al pays en grando reputatiou durbiguèt boutigo; las praticos lou se disputabou e abiè grando prieisso. Aco durèt pas lountens. Coumo se poudiè pas jamai counta sus la remeso de l'oubrage, prou bite toutos las praticos lou quittèrou e fousquèt oubligeat d'ana trabailla coumo simple oubriè aco des aoutres mestres, e encaro, d'aqui se fasquèt renbouia de pertout coumo ibrougno e crebabo de fam. Ajèt pas mait qu'uno ressourço, se mettre grouliè, el qu'èro estat oubriè sans pariou.

Coumo abiè bergougno de quista de trabal en billo, anabo dins la campagno courre d'un endretch a 'n un aoutre, de mas

en mas e de borio en borio, pourten soun espletcho sul l'esquino
dins un gorp.

L'estiou dourmissiè deforo ou pes paillès e l'ibèr demandabo
refutgi dins las fenials ou dins lous estables. Ero pas meie per la
nourituro e lou pus soubent s'acoumoudabo d'uno peço de
millas; mès abiè toujoun set, noun pas d'aigo, mès de bi ou en-
caro mait de la goutto d'aigarden. Disiè que lous seous s'èrou
pas serbits d'aigo que per lou bapteja e el souloment per se laba
lou mourre ou las mas.

Praco quant èro deju ou que abiè pas trop begut, èro de tan
grand ingeni que d'un bièl parel de groulos ne fasiè, un cop
petassados, de souliès que semblabou noous.

Un joun que passabo debès lou mas de la Borio, del coustat
de Sant-Genieis, d'uno bordo i cridero de s'arresta que abioou
de trabal a i dounna. Aqui y abiè un ome pas trop bièl e mari-
dat, mal campat d'uno forto sciatico, e uno fillo. Lou fil, coumo
toutes lous juinomes del pays, èro a l'armado. La fillo, jantio e
degourdido per tout trabal, mès sans berquieiro, dounèt dins
l'èl a 'n un pages de Carlus, ritche, encaro joube e beous que,
de crento que, coumo èro aro sans fenno e sans mainatges, lou
prenguessou per la guerro, se decidèt a tourna se marida al pus
bite. Troubèrou que l'affa èro bou e la fillo nou lous dediguèt
pas, tant èro bengut difficile de trouba maridaires, lous bous-
suts, lous borgnes, lous bancals e lous abugles souls·partiguen
pas.

Erem a la beillo de Toujans e èro estat counbengut que l'es-
pousaire se presentariè lou joun de la festo per fiança e descen-
dre lou lendema a la billo per faire lous accordis e passa l'atte
aco d'un noutari. Quant on bol marida sa fillo, dis un bièl prou-
berbi, la cal endimentcha. Douncos nostres bourdiès fasquèrou
abilla liour fillo de noou, mès pensèrou pas a la caoussuro que

countabou sus un parel de souliès que cresioou encaro bous e
que se troubèt que balioou pas res e que caliè faire petassa. La
pèl dessecado s'èro crebado, lous talous erou birats e la semèlo
traoucado.

Lou grouliè, al prumiè cop d'èl, diguèt qu'èrou trop malaou-
tes per se poude petassa, mès que, se boulioou, se cargabo de ne
faire un parel de noous en passen  la neit a l'oubratge; aco de-
mourèt counbengut.

Lou grouliè despleguèt pèl e cuèr. La fillo troubèt la pèl trop
groussieiro per d'escarpins, que bouliè en pèl brounzado, alaro
de modo.

— Abès pas qu'a ana al pus bite a la billo cerca un parel d'em-
pegnos coumo las boudres e, se perdes pas trop de tens, en bous
attenden prepararei las semèlos e de lignol fi e lous escarpins se
faroou saquela.

Pensas se nostro nobio, encaro que  partido  descaousso, lous
esclops permetten pas d'ana prou bite, fousquèt lèou tournado,
encaro que la courso souguesso loungo.

Dins la bordo, bo besès, tout anabo pla. N'èro pas aital dins un
des tres oustals del mas ount lou mestre èro mort lou mati d'un
cop de sang e y demourabo pas que la beouso e dos fillos, lous
dous fils preses l'un aprep l'aoutre per la guerro.

Lou trespassat abiè uno sorre, maridado a Graulhet, e i caliè
enbouia de messatgès de bouno boulountat que se troubèrou
dins lous dous aoutres oustals d'el mas; mès demourèt pas capus
d'ome per beilla lou mort dins la neit, qu'èro pas d'usatge que
las fennos se y metessou.

Elos manquèrou pas d'aluqua un cierge benesit, que se gar-
dabo dins l'oustal en cas de tron, de y mettre uno croux e un siè-
tou d'aigo segnado ame un brin de bouis per aspergea. Aqui pel

joun, elos demouren per pregua. Mès ount trouba lous gardiens
beillaires de neit, al mens un?

Uno de las bisinos, mens aflitchado que lous de la parentat,
prepaousèt d'ana a la bordo ount èro la nobio per bese, ça di-
guèt, se lou paire encaro que garrèl pouiriè beni en lou sous-
tenguen pel cami; e y anguèt.

Troubèt lou paoure sciatique endoulourit e alliegeat, mès bes-
quèt lou grouliè, e es a'n el que s'adressèt per lou prega de beni
beilla, l'assiguren que seriè pla tratat e pla esclairat ame de mè-
cos a tres des poutets d'el calel, se teniè absoulgudoment a coun-
tugna soun oubratge, coumo bos abiè proumes.

Lou grouliè, sans dire que oc ni que nou, reculiguèt dins
soun faoudal lous outisses dount abiè besoun, la peiro a battre
las semèlos, lou martel, las pinces, las formos, lou lignol, las
cedos, la collo, lou tiro-pè, l'astic, la beseclo e la mainiclo ame
lous escarpins coumençats e siguiguèt la fenno.

La nobio ne demourèt estoumagado e ne plourèt en pensen
que lou grouliè demandariè a beoure, que bo i refudariou pas,
que se bandariè e finiriè pas l'oubratge e la laissariè descaousso.

Arribat a l'oustal del mort, pages prou aisat, lou grouliè es-
pliquèt que beniè a la counditiou que pousquesso trabailla e
tene sa paraoulo. L'istallèro dins la crambo del mort aprep i abe
dounat a mantgea e a beoure e paousèrou un gros brassat de
brugo seco en cas que la neit ajesso frech e pousquesso prene
qualquos arados.

Lou grouliè se mettèt douncos al trabal ame grand couratge,
tant èro estat pla tratat e sigur d'esse pagat dous cops de soun
double trabal de neit.

Debès mietchoneit, aqui que tout d'un cop lou mort rebis-
colo, se lèbo, saouto de sul liech e anguen drech al beillaire, i
dis :

— Que fases tu aici dins moun oustal ?

— Gardi lou mort !

Quant on gardo un mort on trabaillo pas, ajustèt le resbiscoulat. E aco diguen, saoutèt a la gorjo del grouliè, en diguen :

— Attend ! attend ! te boou regla toun coumpte.

E l'estranglabo.

Lou grouliè que teniè lou martèl en ma, qu'èro en trèn de battre las semèlos, ne fiquèt, per se defendre, un cop sus la cabosso del rebiscoulat que ne demourèt mort per tout de bou e replaçat sul lièch coumo èro aban.

La nobio ajèt sous escarpins per la messo prumieiro encaro que proumeses souloment per la messo grando, e fousquèt caoussado coumo uno princesso e coumo bos èro pas jamai estado.

Digus auriè pas jamai sapiut ço que s'èro passat dins aquelo neit se Sutori lou grouliè, un joun que abiè trop begut, bos ajesso pas dich en soumien e rebassen que lou mort l'estranglabo ; abiè set souloment, mes pla set.

E ieou passi pel prat en bous quitten e sans bous pla assigura de tout aco la bertat.

# LOU GOURRI

ER ana d'Albi a Piochcouzou, lou cami lou pus court es per la costo de la Crouzillo.

Aquello costo tiro soun noun d'uno pichouno croux plantado a la cimo de la coulino. Del coustat d'Albi lou cami es aro prou pla entretengut; bos èro pas anciennoment, e las carretos y mountabou pas sans peno, tant es retto la costo.

Lou cami èro, e bos es encaro, bourdat de bignos de cado coustat. Aquelos bignos soun claousos per de grands bartasses de roumes ou de bouissous.

Daban las bignos las pus grandos lou cami es pus large e y a de cargadous en peiros ount las carretos podou prene las semals de bendemios.

Uno annado desempiei lountens passado, un gourri courriè, aprep las bendemios, dins aquelos bignos, ramassen qualquos figos mal maduros e qualques agrassous demourats presque berts sus las soucos, pioucen lou loung des bartasses las qualquos amouros demourados sus las roumes. Coumo bezès, lous repais del fegnant èro des pus magres; mès aimabo mait picoura sus bouissous que de trabailla de l'estat que lous seous, quant bibioou, i abioou fait aprene.

En aquel moument, uno bieillo fenno de Piochcouzou descendiè la costo sur un pitchou carretou tirat per uno saoumetto.

Coumo la descento èro peniblo per la bestioto, qu'èro pas nobo, la mestro s'arrestèt per un moument sul plo d'un cargadou, per la laissa poulsa.

De darrè lou barlas lou gourri recounesquèt la fenno e i diguèt :

— Hé! La Marioun! Anas al mercat d'Albi un bricou tard, proubabloment per croumpa de cibado per toutos dos?

— Oppe! respoundèt la bieillo Marioun. Se ne bos proufita, tant que y serem, passarei la coumando per tres; aital aouras ta part dount pensi que debes aber pla besoun. Praco, coumo as pas de grepio, te farei plaço a l'estable de la saoumo. Ei encaro un bièl cabestre per t'emmouriala, e lou mettrei a toun serbici.

Aco ditch, la Marianno fouetèt la bourrico e laissèt lou fegnant mouquet, coumo pla bo debès pensa, de bese que la bieillo abiè mait d'esprit qu'el.

Pendent que la Marioun descendiè la costo, uno grando filletto, proproment bestido, la mountabo. Ero garrello e derenado de naissenço, ço que fasiè que'la paouroto carguado qu'èro d'un gros paniè a un bras, pourtabo encaro un paquet d'estoffo joust l'aoutre. A cado pas se bressabo d'un coustat e de l'aoutre, peniquechen e susen.

Arribado dabant lou cargadou, y paouset lou paniè e lou paquet; pei se sietèt per se paousa.

La paoure fillo, sans paire, ni maire, èro courdurieiro, e de soun trabal sabiè bioure e assistia encaro la Minino, sa grand' maire, que fialabo encaro e gardabo uno crabo que liour dounabo latch ou fourmatjous.

Lou fegnant, toujoun de darre soun bartas, i diguèt :

— Eh! La Miounello! Debes esse pla lasso, paouro fillo, cargado coumo siès. Coumo la Marianno que ben de passa te caldriè pla uno saoumo e un carretou.

Pla sigur, respoundèt Miounello, mès sien trop paouros per nous faire carreja.

E lou fegnant reprenguèt, en se degaougnen coumo ello :

— Tu que te brandisses de ça, de là, a cado pas, laissos pas res a bese, me saouriès pas dire se la cibado èro caro al mercat e se y en abiè pla ?

Miounello, besquen que se trufabo d'ello, i respoundèt :

— La cibado? n'y en abiè pas un sac souloment sul mercat, e tu, que siès birozels e guindo-merles, n'en acuriès pas mait bisto que ieou. A part qualques amarels, se ne bendiè pas que sus mostro e a grand prex. Demoro sigur que aqueste hiber lous mestres que ouou d'ases fegnants lous laissaroou creba de fam per ne bendre la pèl. Pren te gardo!

E la fillo countugnèt a siègre sa mountado.

La predictiou de la Miounello s'accoumpliguèt. Lou gourri fousquèt, un joun de forto jalado, mort de fam e de frech, troubat espandit sus escalous del escaliè del jardin rouyal.

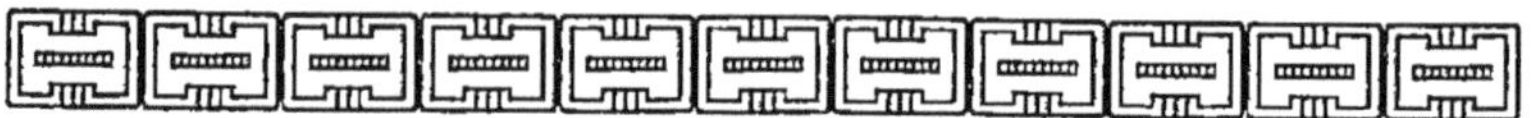

# UN BIEL COUPLE

EL tens i a que, dins la carrieiro des Triols, abouei carrieiro del Truel de Palaffre, bibiè dins las crambos de madamo Senegats un bièl couple : Dominiquo e Marioun.

Dominiquo èro un ancien souldat del prumiè empiri que, beous, s'èro bendut fort car en tens de guerro e abiè plaçat l'argent de soun remplaçoment.

Marioun èro estado sirbento de counfienço dins un ritche oustal bourges dount lous mèstres, en mouriguen, i laissèrou uno pitchouno rendo que, ajustado a l'espargni des gatgès, i permetiè de bioure sans trop de peno, se countenten de rendre qualques serbicis ou de garda per tens qualque malaoute.

Bièls toutes dous, mès el un paouc mait qu'elo, se maridèrou saquela, mès ame certainos counditious.

Aqui couci Dominiquo me countèt l'istorio de soun mariatge.

Renbouyat a la fi de la guerro, tournèri pas a Cambou ount èri nascut, mès ount abiè pas mait cap de parent e benguèri demoura Albi.

Moun argent pla plaçat me dounabo a pus prep de que biourè e praco reprenguèri a la douço mous dous prumiès estats.

L'iber fasiè d'esclops e, a la bello sasou, anabi poudasseja dins las bignos; mès jamai nou fousiè que troubabi la terro trop basso.

Bibiè douncos fort aisidoment e manquabi pas trop de couneissensos que prenioou part a ma despenso.

Un joun toumbèri malaoute e moussu Pourtal, moun bièl medici, me diguèt :

« Dominiquo, se bos bioure bièl, siès arribat a un atge ount cal
« tampa lou pourtanel de las brayos e durbi pus grando la porto
« de la cabo. »

Es entendut!

Per me distraire e empatcha l'ergno de me prene me mettèri a la pipo, talloment que fumabi joun e neit, alluquen soubent lou calel per bese lou fun.

Aqui lou diables! Tournèri malaoute aoutroment.

La Marioun, qu'èro bisino, me benguèt souegna.

Un cop grit, lous amics m'accousseillèrou de me marida e de demanda la Marioun.

— Besès, me disioou, ame bostros pitchounos rendos de toutes dous pouiriès bioure en bourgeses.

Aco, bo coumpreniè fort pla, mès me poudiè pas faire a l'ideio de dourmi pas soul e de poude pas sans geino fuma uno pipo la neit, se me fasiè plase.

— Mès las counditious foou tout. Pouiriei be counbeni de faire crambo e leit a part, tout en demouren ensemble.

Tant e tant faguèrou lous uns e lous aoutres de liours coussels a la Marioun e a ieou que, saquela, nous maridèrou ame las counditious counbengudos.

Entre nous aoutres dous, Marioun et ieou, deciderem que praco dourmiriem ensemble cado quinze jouns.

Y abiè tres ou quatre jouns a peno qu'èrem maridats, qu'uno bello neit pendent que ne fumabi uno, entendèri tusta douçomentot a la porto de la crambo.

Sautèri  del  leit e demandèri qual èro que tustabo e que boulioou.

— Souj ieou, Marioun, la bostro fenno que en bous entenden trepa e bist un rais de lum pel traouc de la sarraille, e coumc dourmissiè pas tant paouc, ei pensat de bous beni demanda de m'abança la quinzeno per me distraire.

Que boulès! i durbiguèri la porto e desempiei bugadam pas que mitat de lensols.

Noun pourtam pas pus mal per aco e fumi pas mait la neit.

# TAOULO

ACHEVÉ D'IMPRIMER
LE PREMIER SEPTEMBRE
MIL NEUF CENT TREIZE
A L'IMPRIMERIE
DE MM. CORBIÈRE & JULIEN
A ALBI